미래학, 인문학을 만나다

미래학, 인문학을 만나다

초판 1쇄 2016년 4월 11일

지은이 정봉찬
발행인 김재홍
디자인 박상아, 이슬기
교정 · 교열 김현경
마케팅 이연실

발행처 도서출판 지식공감
등록번호 제396-2012-000018호
주소 경기도 고양시 일산동구 견달산로225번길 112
전화 02-3141-2700
팩스 02-322-3089
홈페이지 www.bookdaum.com

가격 13,000원
ISBN 979-11-5622-150-0 03810

CIP제어번호 CIP2016005450
이 도서의 국립중앙도서관 출판예정도서목록(CIP)은 서지정보유통지원시스템 홈페이지(http://seoji.nl.go.kr)
와 국가자료공동목록시스템(http://www.nl.go.kr/kolisnet)에서 이용하실 수 있습니다.

미래학, 인문학을 만나다
Futurology + Humanities

―――――― 미래와 인문학이 공존하는 시간 ――――――

정봉찬 지음

지식공감

미래학! 조금 생소하시죠?

"학교에서 '과거'의 학문인 역사도 배우고, '현재'의 학문인 전자, 생명, 토목 등과 같은 최첨단 공학도 배우는데 왜 우리에게 제일 중요한 미래는 배우지 않는 걸까요?"

"우리는 내일, 모레, 일주일 후, 한 달 후의 미래는 많이 생각하면서 왜 10년 후의 미래는 생각하지 않을까요?"

"많은 사람들이 미래를 예측할 수 있다고 하는데 왜 틀린 경우가 대부분일까요?"

이런 의문에서 '미래학, 인문학을 만나다'의 이야기가 시작됩니다.
미래학에서도 미래는 정확하게 예측할 수 없다고 인정합니다. 하지만 다양한 미래 시나리오를 생각하고, 그중 원하는 미래 이미지와 비전을 선택하여 이를 위해 사람들이 함께 행동해 나간다면 원하는 미래를 만들어 나갈 수 있다고 보고 있습니다. 미래학은 미래를 예측하기 위해 공부하는 학문이 아니라 사람들이 생각하는 미래에 대한 이미지를 공부하는 학문이기 때문입니다.

미래학이 추구하는 시대적 사명, 보다 나은 미래 만들기에 기여하고자 이 책을 만들었습니다. 또한, 이런 사상과 생각들을 인문학과 접목하여 쉽게 알려드리려고 노력하였습니다.

이 책을 통하여 많은 사람이 미래학에 대해 이해하고 10년 후 미래를 생각하는 계기가 되었으면 합니다. 또한, 미래학을 바탕으로 바람직한 미래에 대한 이미지를 상상해보고, 미래 비전을 수립하여 보다나은 미래를 모두 함께 만들어 나갈 수 있으면 좋겠습니다.

이 땅의 모든 사람이 저마다 미래 비전을 달성하여 행복을 꽃 피우고, 삶의 가치를 실현할 수 있기를 꿈꾸며, 이 책의 문을 활짝 열고 여러분을 모십니다.

정봉찬 올림

프롤로그

우리의 미래는 어떻게
흘러갈 것인가?

미래는 잠시도 멈추지 않는 다양한 변수들의 역동적인 과정을 통해 만들어진다.

한 번도 가보지 않은 땅, 보이지 않는 세계가 바로 미래이다.

미국 드라마 「스타 트랙」의 오프닝에 이런 말이 나온다.

"우주, 최후의 개척지. 이것은 우주선 엔터프라이즈의 여정이다. 끝없이 낯선 신세계를 탐험하고 새로운 문명을 찾기 위해 누구도 가보지 못한 곳으로 거침없이 나아간다."

최후의 개척지는 우주가 아니라 우리의 미래이다. 미래는 언제나 길을 잃을 수 있는 곳이며, 울타리가 곧게 뻗은 길 따위의 경계가 그어지지 않은 곳이다. 미래는 우리의 상상력만큼이나 넓을 수 있다. 미래는 새로운 장소, 분야, 시간일 뿐 아니라 이것을 가득 채울 수 있는 경험까지 상징하는 것이다. 미래 여행의 진짜 즐거움은 아무도 알 수 없는 그 길을 갈 때 느끼는 자유와 해방감이다.

미래를 아는 사람이 아무도 없기 때문에 우리는 얼마든지 상상하는 대로 미래를 다채롭게 그릴 수 있다. 따라서 미래 여행은 형광등 불빛 아래 모니터에서는 절대로 찾을 수 없다.

우리 함께
미지의 세계인 미래로
여행을 떠나보자

CONTENTS

미 래 학 ,

인문학을 만나다

PART 01

미래 여행 준비

01   02   03   04   05

미래 여행자

미래학자(Futurist)는 미래를 연구하는 사람이다. 미래에 발생할 일들을 예측하기 위해 자료를 수집, 분석하여 이론을 수립하고 앞으로 나아가야 할 방향을 제시한다.

반면, 미래 여행자(Future Traveler)는 여행하듯이 앞으로 펼쳐질 다양한 미래 사회 모습을 사람들에게 보여주고, 원하는 미래 비전을 함께 설정한다. 사회의 미래 비전이 지켜지도록 상황을 모니터링하며 도움을 준다. 한마디로 미래 여행자의 역할은 미래 비전이 지켜지도록 도움을 주는 퓨처 가디언(Future Guardian)이다.

미래 여행자가 제시한 미래 사회를 부정적으로 보고 분위기를 흐리는 사람도 있다. 하지만 미래 여행자는 미래에 대한 개선 의지가 있는 사람들에게 초점을 맞춰 이끌어 가야 한다. 많은 사람들이 미래 여행에 동참하면 나머지 사람들은 거기에 마음이 동화되어 움직이기 때문이다.

Seed the Future

미래학, 인문학을 만나다

미래의 씨를
뿌리는 자

"너희는 미래를 분만하는 자, 미래를 양육하는 자가 되어야
하며, 씨를 뿌리는 자가 되어야 한다."

– 니체

미래를 흔히 '아직 오지 않은 내일'이라고 생각한다. 내일은 이미 현재에 존재하지만 스스로 느끼지 못하는 또 다른 현재이기도 하다. 그래서 니체는 현재에도 얼마든지 미래 속으로 날아갈 수 있다고 말한다. 소설가 윌리엄 깁슨도 "미래는 현재에도 있다. 단지 널리 알려지지 않았을 뿐"이라고 했다.

미래 여행자는 현재에 미래의 씨를 뿌리며 잘 자라도록 가꾸는 사람이다. 그 곳에서 새로운 푸르름이 싹트게 되고, 이 푸르름은 미래를 더욱 아름답게 만든다.

미래 여행자의
모습

　미래 여행자로서 미래 예측보다 중요한 능력은 바로 미래세대를 존중하고 미래세대에 대한 책임을 다하는 진정한 퓨처 가디언(Future Guardian)의 모습을 보여주는 것이다.

　능력 있는 한 사람만의 힘으로는 미래 탐색을 할 수 없다. 다양한 분야의 사람들과 함께 연구하고 만들어 가야 한다. 사람들이 모여 미래 비전을 위해 뜻을 모으고, 미래세대를 위하여 최선을 다하는 과정을 공유한다. 이를 지켜보는 사람들의 마음을 움직여 동참하게 유도한다.

　다른 사람들에게 마음이 전해져 감동이 되려면, 미래 여행자는 스스로 마음을 굳게 다져 자신을 따르는 이들의 신뢰를 얻어야 한다. 꼭 대단한 것을 가르쳐야 위대한 미래 여행자가 아니다. 미래의 다양한 가능성을 발견하고 인류의 삶에 나침반이 되어준 사람, 힘들 때 용기를 주고 미래 비전을 제시해 주는 사람, 바람직한 미래를 위한 행동을 적극 지지해주는 사람 그가 바로 위대한 미래 여행자이다.

미래학, 인문학을 만나다

Future

Future Guardian

미래 여행자의
조건

축구 국가대표팀 내에 스타 선수 비중이 약 60%를 차지할 때 최고 피파 랭킹을 기록하였으나, 60%를 넘으면 오히려 피파 랭킹이 하락한다는 조사 결과가 있다. 농구에서도 마찬가지이다. 팀 내 우수 선수 비중이 50% 이상일 때 팀 성적은 하락하게 된다.

미국 경제학자 메러디스 벨빈은 그의 저서 『팀이란 무엇인가』에서 '아폴로 신드롬'이란 말을 처음 사용하였다. '아폴로 신드롬'은 유능한 인재들이 모인 집단에서 오히려 다른 팀에 비해 성과가 낮게 나타나는 현상을 말한다. 유능한 인재들은 인정 요구와 승부욕이 강해 상대를 설득하는 데 대부분 시간을 소비한다. 상대방 주장의 장점보다는 약점에만 관심을 가지며 팀 성과가 미흡하면 서로의 책임소재를 찾아 비난하는 데 열중한다.

따라서 다양한 분야의 갈등을 해소할 수 있는 윤활유 같은 인재가 미래 여행자의 자질을 가지고 있는 것이다. '호감 가는 바보'는 친근함을 무기로 다양한 분야에서 정서적 허브 역할을 하는 '분위기 메이커'인 동시에 경쟁의 부작용을 줄이고 협력을 늘리는 '플레이 메이커'이다.

미래 여행자는 똑똑한 천재보다는 호감 가는 바보가 되어야 한다.

영감을 주는
미래 여행자가 되려면?

미래 여행자는 어린아이처럼 즐겁게 놀고, 두려움 없이 새로운 생각을 이야기한다. 하지만 우리는 미래에 집중하는 대신 타인이 자신을 어떻게 생각하는지에 더 많은 관심을 둔다. 획일화된 사회에서 성장하면서 사회적 시선 때문에 미래를 제대로 보지 못하는 경우가 많다. 새로운 시도를 주저하기 때문에 미래를 탐구하는 데 분명 한계가 있다.

미래 여행에는 완벽한 정답은 없다. 완벽추구는 오히려 미래 여행 초기에 방해가 된다. 따라서 매끄럽게 다듬기보다는 신속하게 질문하며 본원적인 이슈를 던질 필요가 있다.

미래학, 인문학을 만나다

다른 사람에게 영감을 주는 미래 여행자가 되는 방법은 다음과 같은 8가지다.

1. 스스로 미래 여행자, 미래학자임을 선언하라.
2. 미래 사회에 직접 방문하고 여행하고 있는 것처럼 생각하라.
3. 사회변화에 느슨하면서도 천천히 집중하는 능력을 키워라.
4. 미래세대와 교감하라.
5. 다양한 분야의 현장을 관찰하라.
6. '왜'라고 질문하라.
7. 미래를 보는 관점을 자주 변경하라.
8. 미래 연구를 위한 다양한 인적 네트워크를 만들어라.

Rainbow

미래학, 인문학을 만나다

미래 여행자의
눈

　종이배는 얕은 물에서 뜨지만, 멀리 갈 수는 없다.

　함께 멀리 가는 배를 띄우려면 배도 커야 하지만 물도 깊어야 한다.

　미래를 여행할 때도 깊은 물처럼 다양한 프레임과 넓은 아량을 가지고 있어야 한다.

　정말 중요한 것은 쉽게 보이지 않는다. 중요한 것은 때때로 알 수 없는 이상한 형태로 온다.

　이런 형태 너머의 중요한 것을 볼 줄 아는 눈이 미래 여행자에게는 필요하다.

미래 여행의
본질

미래 여행은 수직보다 수평을 지향하며, 이윤보다 가치를 더 중요시한다.

사회 구성원들에게 "이래라, 저래라"하며 '어떻게(How)'를 말하기보다는 더 나은 미래를 위해 이 일을 왜 해야 하는지, 어떤 일을 해야 하는지, 어떤 의미가 있는지, 이 행동으로 인해 미래세대들이 왜 행복해질 수 있는지와 같은 '왜(Why)'를 이야기해야 한다.

미래 여행자는 꼭대기에서 왕처럼 군림하면서 명령하거나 지식을 전달하는 사람이 아니다. 미래 여행의 성패는 얼마나 사회 구성원들을 행동하게 하느냐에 달려 있다.

미래 여행자는 사람들의 머리보다 가슴을 사야 한다.

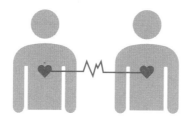

Not Head But Heart

오즈의 마법사

'Over the rainbow'
영화 「오즈의 마법사」에 나오는 유명한 노래 제목이다.
'무지개 저편에는 무엇이 있을까?' 항상 꿈꾸던 도로시.
지혜로우면서도 지혜를 가지고 싶었던 허수아비.
따뜻한 마음을 가지고 있으면서도 마음이 없다고 생각하는 양철 나무꾼.
용감하면서도 용기를 가지고 싶었던 사자.

이들은 모두 바로 옆에 이미 존재하고 있는 행복이나 가치를 먼 곳
에서 찾으려고 노력하였다. 이런 점들이 현재 가진 것의 소중함을 잊
어버린 채 살고 있는 우리들의 모습과 같다.
가장 중요한 것은 밖이 아니라 자신의 내면에서 찾으며, 내면의 소리
에 귀 기울여야 한다는 점이다.

미래를 여행하면서 우리가 가진 가치를 되돌아보고 사회 구성원들
의 미래를 향한 내면의 소리를 들어보자.

미래학, 인문학을 만나다

그늘을
사랑하는 사람

나는 그늘이 없는 사람을 사랑하지 않는다.
나는 그늘을 사랑하지 않는 사람을 사랑하지 않는다.
나는 한 그루 나무의 그늘이 된 사람을 사랑한다.
햇빛도 그늘이 있어야 맑고 눈이 부시다.
나무 그늘에 앉아
나뭇잎 사이로 반짝이는 햇살을 바라보면
세상은 그 얼마나 아름다운가.
　　　　　　　　　　－ 정호승 「내가 사랑하는 사람」 중에서

　어두운 그림자 옆에는 반드시 강한 빛이 존재한다. 위기와 변화 속에는 반드시 기회가 있다. 붕괴와 몰락 뒤에는 반드시 새로운 시작이 있다.

　미래를 여행할 때는 사회의 밝은 면과 어두운 면을 함께 바라보며, 여러 구성원과 상생할 수 있는 '보다 나은 미래'를 위해 하나하나 실천해 나가야 한다.

제테오포비아

　미래 여행을 하는 데 있어 최대의 걸림돌은 '제테오포비아 (Zeteophobia)'다. 제테오포비아란 미래 탐색에 대한 두려움이다. 미래에 대한 불확실함으로 결정할 일이 너무 벅차, 못할 것 같은 두려움이 미래 탐색을 가로막는다.

　미래 연구에 대한 결정이 너무나 중대하게 느껴져, 그 결정과 맞닥뜨리는 것 자체가 버거운 것이다. 머뭇거리다가 결국 영영 때를 놓쳐버린다.

　미래에 일어날지도 모를 일이 우리를 짓눌러 아무런 결정도 내리지 못하게 한다. 하지만 결정은 한 번 내려지면 돌이킬 수 없는 것이 아니라, 바람직한 미래를 위해 한 발자국 앞으로 나가는 것이다. 이 사실만 기억한다면 제테오포비아는 충분히 극복할 수 있다.

　미래를 여행하는 일은 요람에서 무덤까지 계속 반복되는 과정이다. 우리는 지금도 미래를 향해 조금씩 나아가고 있다.

보아도 보지 못하는

동양 고전 『대학』에 다음과 같은 내용이 있다.

"마음이 없으면 보아도 보지 못하고, 들어도 듣지 못한다."

소중한 것은 눈에 보이지 않는다. 미래를 보고자 하는 마음이 있어야 주의 깊은 관찰을 통해 미래 트렌드와 이슈 분석을 할 수 있으며 미래를 향한 자신만의 관점도 만들 수 있다.

특히 미래세대의 행복에 대해 고민하고, 대기오염, 수질오염 등 환경 변화에 대해 걱정하는 마음이 있으면 이것이 미래 여행을 하는 주된 이유가 되기도 한다.

타임아웃

농구에는 타임아웃이라는 제도가 있다. 타임아웃을 불러 경기를 잠시 멈추고 코치와 선수들이 앞으로 어떤 플레이를 할지 작전회의를 한다.

타임아웃은 외부 시각으로 자신들의 시합을 객관적으로 볼 수 있는 시간이다. 외부 관점에서 보면 자신이 보지 못했던 것들을 볼 수 있다. 선수뿐만 아니라 우리도 '보다 나은 미래'를 위해 자신을 돌아볼 수 있는 타임아웃이 필요하다.

'낯설게 하기'라는 러시아에서 시작된 문학 기법이 있다. 흔히 예측할 수 있는 것들을 교묘하게 구성하여 낯설게 만들어 뻔히 아는 내용임에도 마치 처음 접하는 내용처럼 느껴지게 하는 기법이다.

미래도 한 발짝 물러서서 외부 시각으로 미래를 바라보아야 더 객관적으로 여행할 수 있다. 미래 여행을 위해서 정신적인 타임아웃과 낯설게 보는 시간을 가져보자.

미래학, 인문학을 만나다

Time-Out

미래를 보기 위해서는
눈을 감아라

헬렌 켈러는 보지도 듣지도 말하지도 못하는 장애인이다.

다음은 헬렌 켈러의 수필 『사흘만 볼 수 있다면(Three days to see)』의 한 부분이다.

"아무것도 볼 수 없는 저는 단지 감촉을 통해서도 나를 흥미롭게 해 주는 수많은 것들을 발견합니다.

저는 잎사귀 하나에서도 정교한 대칭미를 느낍니다. 봄이 되면 긴 겨울잠을 깨고 나오는 자연의 첫 번째 몸짓인 새싹과 새순을 찾아보 려는 희망으로 나무줄기들을 더듬어봅니다.

계절이라는 꽃수레는 너무나 떨리는 끝이 없는 드라마이며 그 활기 찬 흐름은 손가락 끝을 스치며 지나갑니다. 때론 이 모든 것들을 너무 나도 보고 싶은 열망에 가슴이 터질 것만 같습니다.

단지 감촉을 통해서만도 이처럼 많은 기쁨을 얻을 수 있는데 만약 에 볼 수만 있다면 얼마나 더 아름다움을 발견할 수 있을까요?"

미래학, 인문학을 만나다

안타깝게도 헬렌 켈러는 어린 나이에 병으로 시각과 청력을 모두 잃게 된다. 하지만 많은 사람들이 축복의 두 눈을 가지고 있음에도 세상이 얼마나 아름다운지 볼 수 없다는 사실을 알게 되었다. 나중에 대학 총장이 된다면 '눈을 잘 쓰는 법'을 필수 과목으로 만들겠다고 결심하였다.

화가 폴 고갱도 "나는 보기 위해서 눈을 감는다."고 하였다. 미래도 눈을 감고 상상의 눈으로 보아야만 숨겨져 있던 미래의 깊숙한 곳까지 진정으로 볼 수 있다.

What is the future?

미래학, 인문학을 만나다

미래에 대한
간절함

'시나브로'는 '모르는 사이에 조금씩'이라는 의미이다. 미래 여행자는 미래가 시나브로 다가오게 해서는 안 된다.

적극적이며 주도적으로 미래를 상상하고 예측하며 미래가 어디로 흘러가는지 탐구해야 한다.

미래를 알고자 하는 간절함이 있어야 비로소 상상의 눈이 떠진다. 그리고 그 간절함이 불확실성이라는 안개를 걷어내고 보이지 않는 것들을 보게 만든다.

가슴 속에 미래를 바꾸어 보겠다는, 바람직한 미래를 만들어 보겠다는, 미래세대를 위하여 노력하겠다는 간절한 소망의 촛불을 뜨겁게 밝혀보자.

질문을 통해
미래를 디자인하라

문제를 푸는 것보다 문제를 만드는 것이 더 어렵다. 질문을 스스로 던지지 않는다면 그에 대한 정답을 알 수 없다. 정답을 모른다면 달라지는 것은 아무것도 없다. 미래 여행을 위해서는 미래의 구성요소에 대해 '왜'라는 질문을 계속 던져 보아야 한다.

1. 나는 왜 미래 여행을 하려고 하는가?
2. 나는 왜 다른 미래 연구자들과 관계를 맺고 있는가?
3. 나는 왜 미래 시나리오를 이렇게 생각했는가?
4. 나는 왜 미래 여행을 목적으로 삼고 있는가?

물론 쉽게 대답할 수 있는 질문은 아니다. 하지만 미래가 어떻게 전개될지 올바른 질문을 제대로 해야 한다.

틀린 질문을 하니까 맞는 대답이 나올 수 없다.

질문을 제대로 해라.

질문을 제대로 해야 미래를 볼 수 있다.

미래학, 인문학을 만나다

Question futures, Design futures, Make futures.

질문을 통해 미래를 디자인하고, 디자인을 통해 미래를 만들어 나갈
수 있다.

미래세대

1946년부터 1964년까지 출생했던 베이비붐 세대, 1965년부터 1980년까지 출생했던 X세대들이 현재 경제, 사회 등 많은 분야에서 리더 역할을 하고 있다. 하지만 이제는 1980년부터 1994년까지 출생했던 Y세대와 1995년 이후 출생한 Z세대가 미래를 이끌어 나갈 세대로 떠오르고 있다.

Y세대는 베이비붐 세대의 자녀 세대로 타문화에 대한 거부감이 적고 호기심이 많으며, 새로운 것에 도전하는 데 거리낌이 없다. Z세대는 스마트폰, 태블릿 등 모바일 기기를 제2의 뇌로 장착하고 SNS(소셜 네트워크 서비스)를 무기로 활용한다. Y세대와 Z세대는 모두 디지털 원주민(Digital Native)으로 언뜻 비슷한 것 같지만, 확연히 다른 고유한 특징이 존재한다.

Z세대 이후에는 어떤 미래세대가 출현할까? 미래세대는 우리의 희망이다. Z세대뿐만 아니라 그 이후에 출현하게 될 5~6세대까지 우리는 그들의 삶에 대해 생각해 보아야 한다. 그들은 남이 아니라 또 다

른 미래의 가족이기 때문이다.

　인간이 자손 번식을 위한 본능을 지니고 있는 것처럼 어떻게 보면 인류의 존재 의의는 자손을 다음 세대에도 잘 살게 하는 것에 있다. 생물학적으로 아이를 낳는 것으로 끝이 아니라, 후손들이 어떤 환경에서 살아갈지에 대하여 고민해보자. 핵전쟁 속에서 살아야 하는지, 대지진, 해일 등 자연재해 속에서 살아야 하는지, 화성에서 살아야 하는지를 말이다.

Future Generation

여정 즐기기

미래 여행은 목적지보다 여정 그 자체를 즐길 줄 알아야 한다. 우리의 모든 감각을 생생하게 열어놓고 미래 여행을 체험해야 한다.

한라산에 올라갈 때 목적지인 백록담까지 앞사람의 발밑만 보면서 남이 가는 대로 따라 올라가면 나중에 기억에 남는 것이 없다. 중요한 것은 목적지까지 가는 여정 그 자체이다.

백록담까지 가는 길에서의 아름다운 자연환경을 그대로 만끽하며 여정을 즐겨야 하듯이, 미래 탐구 그 자체를 즐기자.

Enjoying futures

미래학, 인문학을 만나다

마이너리티 리포트

　2002년 개봉한 스티븐 스필버그 감독, 톰 크루즈 주연의 「마이너리티 리포트」의 배경은 2054년이다. 미리 범죄를 예측해 범죄자를 단죄하는 최첨단 범죄예측시스템인 프리 크라임(Pre-Crime)이 가동되는 시대이다. 프리 크라임은 사건 발생 전에 범인을 잡아 사건도 예방하고 희생자도 보호한다.

　주인공 톰 크루즈가 센서가 달린 장갑을 끼고 허공에 손짓하면 투명 디스플레이에서 입체영상이 전개되면서 범죄예측시스템이 가동된다. 이 시스템이 가동될 때마다 나지막이 깔리는 음악은 바로 슈베르트의 교향곡 8번 〈미완성 교향곡〉이다.

　아무리 신뢰도가 높은 미래예측시스템도 신이 아닌 이상 미완성일 수밖에 없다. 미래는 예측하는 것이 아니라 함께 만들어 나가는 것이기 때문이다.

VUCA 시대

오늘날의 복잡하고 변화가 심한 사회 환경을 VUCA 시대라고 한다. V는 Volatile, U는 Uncertain, C는 Complex, A는 Ambiguous이다. 급변하며 불확실하고, 복잡하며 모호한 환경이다.

이러한 시대에는 변화의 방향과 속도를 예상하고 미래를 탐색하는 것이 중요하다. 불확실한 상황에서도 방향성 있는 미래 비전을 제시하여 다양한 사회 구성원의 행동과 참여를 이끌어낸다. 또한, X이벤트(X Event: 발생 가능성은 매우 낮으나, 일단 한 번 발생하면 엄청난 파급력을 가진 극단적인 사건)와 같은 예상 밖의 일이 지속적으로 일어나도 이를 모니터링하여 사회가 올바른 방향으로 나아가도록 조정한다. 이를 위해서는 다음 다섯 가지가 필요하다.

첫째, 미래 비전이다. 변화를 회피하거나 변화에 휩쓸려 가는 것이 아니라 적극적으로 대응하려면 명확한 미래 비전이 필요하다. 불확실성이 점점 증가하고 있는 상황에서 명확한 미래 비전을 수립하여 중심을 잡고 변화의 소용돌이 속에서 기회를 잡아야 한다. 사회 구성원에게 명확한 미래 비전과 바람직한 미래 이미지를 제시하고 역할을 부여하여 동참하게 유도해 보자.

둘째, 통찰력이다. 빠른 판단과 결단으로 과감하게 행동하려면 통찰력이 필요하다. 기존 트렌드는 물론이고 이머징 이슈(Emerging Issue: 아직 사회 전면에 드러나지는 않고 있으나 미래에 새로운 강력한 트렌드로 부상할 수 있는 잠재력을 갖고 있는 이슈)를 지속적으로 발굴하기 위해서는 평소에 통찰력을 기르자.

셋째, 민첩성이다. 예상 밖의 일이 빈번하게 일어나는 환경을 바꿀 수 없다면 변화하는 환경에 빠르게 적응하는 민첩성이 중요하다.

넷째, 진정성이다. 구성원들의 행동을 이끌어내기 위해서는 불협화음과 오해를 줄이고 합의할 수 있도록 진정성 있는 노력이 필요하다. 미래에 대한 부정적인 말이라도 솔직하고 공정하게 이야기해보자.

다섯째, 적응력이다. 미래 불확실성이 증대되면서 미래 예측력보다 미래 적응력이 더욱 중요해지고 있다. 미래 적응력은 다양한 변화를 예상하고, 준비하며, 필요한 변화를 창조하는 능력으로 다른 사람들과 함께 미래를 만들어갈 때 개발된다. 미래 적응력이 높은 사람일수록 미래를 긍정적으로 보는 경향이 강하다.

버림의
미학

미래학, 인문학을 만나다

버림의 미학

겨울이 되면 나무는 잔가지마저 흔들어 자신의 몸에 붙었던 모든 잎을 떨어뜨린다.

나무도 안다. 버려야 산다는 것을….

모든 종교의 성직자들이 해야 할 임무 중 하나가 바로 사람들에게 '버림의 미학'을 가르치는 것이다. 불교에서는 "마음을 비움으로써 해탈의 경지에 다다를 수 있다."고 한다. 기독교에서도 "네가 가진 것을 다 버리고 내게로 오라."고 한다.

보다 나은 미래를 만들기 위해서는 모든 것들을 다 가지고 갈 수는 없다. 불필요한 것을 버리는 것부터 시작한다. 서로 머리를 마주하고 의견을 모아 정말 소중한 것이 무엇인지 다시 정의하고 꼭 필요한 것을 취사선택(取捨選擇)하자.

미래를 향해
준비한 가방

　미래 여행은 정말 중요한 것이 무엇인지 아는 것부터 시작한다. 미래를 향해 준비한 여행 가방 안에 무엇이 들어 있는지 따져 보고 그것을 정말 원하는지, 그리고 반드시 가지고 가야만 하는지 결정한다.

　미래 여행 가방을 준비하는 일은 더 중요한 것과 덜 중요한 것 사이에서 올바른 균형을 찾아가는 과정이다. 가장 먼저 할 일은 지금 가지고 있는 짐이 도대체 어떤 것인지 살펴보고, 그것이 당신의 선택을 잘 반영하고 있는지 고민하는 것이다.

　미래 여행 체크리스트는 필요한 물건을 빠짐없이 챙기기 위해 작성하는 것이지만, 동시에 쓸데없이 많이 가져가는 것을 방지하기도 한다. 지금 우리가 어디에 있는지, 과거에 어떻게 여기까지 왔는지, 미래에는 어디로 가야 할지 곰곰이 생각해보자. 과거에 내렸던 우리의 선택이 아직도 도움이 되는지 검토한다. 지금 우리가 해답을 가졌는지, 아니면 질문 자체가 바뀌었는지도 생각해 보자. 미래 여행 체크리스트에는 정답도 오답도 없다. 중요한 것은 솔직하고 진지하게 자신의 내면의 소리를 듣고 이 과정을 통하여 자신에 대해, 미래에 대해 깨닫는 것이다.

Let's go to the future

◆ 미래 여행 체크리스트 ◆

- ☑ 여권: 미래 비전(미래 여행을 하는 이유), 목적의식
- ☑ 모험정신: 미래의 불확실성과 복잡성에도 불구하고 미래 여행을 떠나겠다는 마음가짐
- ☑ 지도: 미래 여행 시 올바른 길을 안내해 줄 방향감각
- ☑ 티켓: 미래를 탐험하고 새로운 이머징 이슈를 찾기 위한 재능이나 통찰력
- ☑ 여행자 수표: 미래 여행을 즐기기 위한 충분한 자금(연구자금 등)
- ☑ 여행 동반자: 미래 여행 중 조언을 해줄 사람, 미래 연구를 같이 할 사람
- ☑ 짐: 미래 여행 시 꼭 가지고 가야 할 물건, 미래 여행 도구
- ☑ 손가방: 즐거운 미래 여행을 위하여 곁에 두어야 할 물건(책, 잡지, 유머감각 등)
- ☑ 세면도구: 미래 여행을 즐길 에너지, 활기 그리고 열정
- ☑ 여행일지: 미래 여행에 필요한 정보와 과거의 여행에서 얻은 중요한 사건들, 교훈들
- ☑ 수첩: 미래 여행 시 중요한 사람들, 미래학자들과 만나고 조언을 구하는 것, 연락하는 것

미래학, 인문학을 만나다

　제일 중요한 것은 "이 모든 것을 가지고 떠난 미래 여행이 과연 우리를 행복하게 해주는가?"이다.

　미래 여행 체크리스트는 우리가 미래라는 망망대해에서 어디를 향해 가는지, 어떻게 항해하고 있는지 이야기해 줄 것이다.

미래 여행 조언

완당 김정희는 "난초를 그리는 데는 법이 있어도 안 되고, 법이 없어도 안 된다."고 하였다.

미래 여행도 마찬가지다. 미래를 여행하는데 법이 있어도 안 되고, 법이 없어도 안 된다. 미래 여행에 딱 맞는 한 가지 방법은 없다. 하지만 다음과 같이 조언은 할 수 있다.

1. 짐을 나눠 들자.

미래를 예측하고 탐색해야 한다는 책임이 유난히 무겁게 느껴진다면 주위 사람들에게 도움을 요청하자. 그들은 보다 나은 미래를 만드는 데 흔쾌히 도움을 줄 것이다. 곧 그들의 도움이 얼마나 큰 보탬이 되는지 감동하게 된다.

2. 필요 없는 것은 내려놓자.

미래 탐색이 어려운 이유는 다양한 인자와 변수가 있기 때문이다.

하지만 그중 필요 없다고 판단되는 것은 과감히 포기할 필요도 있다.

3. 짐을 바꿔 들어보자.

미래 탐색을 위해 너무 한 가지에만 몰두할 필요는 없다. 미래는 수많은 동인으로부터 변화하면서 형성되기 때문이다. 다양한 분야를 바꿔가며 살펴보자.

4. 왜 이 짐을 지고 가는지 자신에게 물어보자.

지금 하고 있는 일을 왜 하는지 잊어버렸을 때 짐이 더욱 무거워지기 시작한다. 가끔 내가 왜 미래 연구를 하고 있는지 되짚어보면 힘이 난다.

5. 길을 물어보자.

미래는 다양한 분야의 요소들이 복합적으로 융합하여 만들어져 간다. 따라서 다양한 분야의 사람들에게 도움을 받을 수 있고, 앞으로의 길을 물어볼 수도 있다. 그들은 미래 탐색을 어떻게 해야 하는지 지혜로운 조언을 주며 훌륭한 안내자 역할을 한다.

6. 도착지를 보여주자.

산 너머 쉼터가 있다는 사실을 알고 걷는 자의 발걸음은 그다지 무겁지 않다. 마찬가지로 미래 여행을 통해 우리가 어떤 것들을 성취할 수 있는지 이미지를 그려보는 것이 중요하다. 만일 우리가 기진맥진해 있다면 미래 탐색에 대한 목표를 미리 정해두는 것도 좋은 방법이다.

7. 여행일정을 잡아 보자.

미래를 탐색한다는 것이 너무 막막하다고 여겨질 때가 있다. 혼자서 이 모든 일을 감당하기가 벅차기도 한다. 책임에 대해 회의가 생기면 발걸음이 더뎌지고, 무겁게 느껴진다. 따라서 무턱대고 미래 탐색을 하기보다는 일정을 작성해보자. 정확히 봐야 할 분야가 어디이고 무엇인지, 그 일을 언제까지 해야 하는지 적어보자. 종이에 써보기만 해도 불안감은 사라질 것이다.

8. 자신을 세계 속의 한 사람으로 바라보자.

미래는 단 한 사람이 만들어 갈 수 없다. 다양한 사람이 서로 힘을 합쳐 만들어 나간다. 미래를 여행하는 우리도 그 일부일 뿐이다. 부담 갖지 말고 미래를 함께 만들어 나가는 데 동참한다고 생각하자.

9. 역할을 서로 바꿔보자.

서로 고정된 역할만 하기보다는 미래를 탐색하는 분야나 역할을 바꾸어보자. 참신한 아이디어가 나올 수 있다.

10. 휴식을 갖자.

휴식보다 더 좋은 보약이 없다. 잠깐 낮잠만 자도 놀랄 만큼의 효과가 있을 것이다. 이런 휴식이 미래에 대한 다양한 상상을 불러일으킨다.

11. 당신이 탐험가라는 사실을 잊지 말자.

미래를 정확히 예측하는 것은 불가능하다. 어차피 우리는 이 세상에 잠깐 스쳐 지나가는 탐험가이다. 더 즐기고 부담 없이 미래를 상상해 보는 것이 중요하다.

12. 자신에게 관대해지자.

미래 여행이 힘들고, 계속 안 된다고 스스로 부정만 하지 말고, 이따금 자기가 정말 원하는 것을 스스로 허락해 주는 것도 나쁘지 않다. 이 과정에서 미래에 대한 뜻밖의 혜안과 이머징 이슈를 얻게 될 수도 있다.

Travel Tips

미래 여행에 대한
질문하기

사회심리학자 지바 쿤다(Ziva Kunda)는 피평가자가 내성적인지 외향적인지 묻는 실험을 하였다. 첫 번째 그룹에는 "당신은 외향적입니까?"라고 질문했고, 두 번째 그룹에는 "당신은 내성적입니까?"라고 질문하였다.

첫 번째 그룹은 스스로 외향적인지 자문하게 되면서 외향적으로 행동했던 경험만을 생각해 "자신이 외향적이다."라는 부분에 높은 점수를 주었다. 반면 두 번째 그룹은 스스로 내성적으로 행동했던 경험만을 생각해 "자신이 내성적이다."라는 부분에 높은 점수를 주었다. 자신이 제일 잘 알고 있는 자신의 성격도 질문에 따라 다르게 결정된다. 미래 여행을 잘 하기 위해서는 우선 질문을 올바르게 하는 것이 중요하다.

미래 여행에 대해 다음과 같이 질문해보자.

1. 미래세대는 누구인가?

① 미래세대는 누구이며, 왜 그렇게 생각하는가?

② 미래세대와 함께 소망하는 바람직한 미래상은 무엇인가?

③ 만약 미래세대와 하루를 함께 보내게 된다면 어떤 모습이며, 그 하루 중 가장 흐뭇한 때는 언제인가?

④ 미래세대가 당신을 어떤 사람으로 기억해 주길 바라는가?

⑤ 미래세대를 위한 행동이 당신에게 기쁨을 주는가?

2. 미래 이미지 그리기

① 바람직한 미래 이미지를 생각할 때 가장 먼저 떠오르는 것은 무엇인가?

② 바람직한 미래를 만드는 것은 무엇이라고 생각하는가?

③ 바람직한 미래 이미지에서 가장 중요하게 생각하는 보물은 무엇인가? 미

래 이미지에서 무엇을 가장 먼저 챙기겠는가?

④ 20년 후 미래의 이미지를 상상해보자. 무엇이 당신을 가장 행복하게 해주는가? 무엇이 엉망일 것 같은가?

⑤ 20년 후 미래에 당신이 살고 있는 동네는 어떨 것으로 생각하는가? 이 동네를 만들기 위해서 당신은 어떤 식으로 기여를 하고 있는가?

⑥ 20년 후 미래에 살고 있는 집과 생활환경이 당신에게 기쁨을 주는가?

⑦ 우리가 가슴 속에 품고 있는 미래 비전은 무엇인가?

⑧ 우리는 지금 어디에 있으며 미래에는 어디로 가고 싶은가?

3. 바람직한 미래 비전 달성을 위하여 어떤 일을 해야 하는가?

① 우리가 가진 재능과 장점은 무엇인가?

② 미래 사회에서 필요로 하는 일은 무엇이라고 생각하는가? 지금 하는 일이 '보다 나은 미래 사회 만들기'에 어떻게 기여하고 있는가?

③ 당신이 생각하는 미래 사회의 이상적인 직업 환경은 어떤 것인가?

④ 미래 사회에서 이상적인 직장동료란 어떤 사람인가?

⑤ 당신의 일이 미래세대를 위한 일인가? 현재의 직업이 미래세대들과 어떤 식으로 관련되어 있는가?

PART **02**

미래 여행 떠나기

01   02   03   04   05

길을 잃어야 새로운 길을 발견할 수 있다

"길을 잃었다면 우리는 길을 찾고 있다는 증거다.
네가 삶을 되돌아보고 후회할 것이 한 가지 있다면, 먹어보지 못했던 것들이 아니라 네가 포기해 버린 모험들일 것이다."

미래를 탐색하다 보면 자신의 예측이 틀릴 수도 있다. 만약 우리가 미래를 여행하는 데 길을 잃었다면 적어도 자신이 길을 잃었다는 사실만은 알고 있는 셈이다. 길을 잃었다는 사실을 아는 것은 우리의 현재 위치를 발견하는 시발점이다. 우리가 현재 어디에 있는지 멈춰 서서 곰곰이 생각해보고 어디로 향해 가는지 재점검하여 미래를 탐색한다면 분명 새로운 길을 발견할 수 있을 것이다.

사람들이 말하는 '길을 잃어버리는 것'과 같은 최악의 상황은 어쩌면 더 좋은 해답을 선물로 받을 좋은 기회이다.

Direction

미래학, 인문학을 만나다

뚜렷한 방향성

우리는 내일, 모레, 일주일 후, 한 달 후 미래는 궁금해 하면서 10년 후 미래는 생각하지 않는다.

'정말 중요한 미래는 일주일 후일까? 아니면 10년 후일까?'

일주일 후 미래가 잘못되면 다시 바로 잡을 수도 있다. 하지만, 10년 후 미래가 잘못된 방향으로 나아갔다면 그것을 되돌리기는 거의 불가능하다.

미래를 여행할 때는 시계가 아니라 방향을 보아야 한다.

중요한 것은 속도가 아니라 뚜렷한 방향성이다.

'과연 내가 제대로 올바른 방향으로 미래를 여행하는 것인가?'라고 항상 미래를 향해 가는 길을 체크해 보자.

눈으로 뒤덮인 길을 걸을 때, 발밑만 보고 걷는다면 안 미끄러지고 빨리 갈 수는 있겠지만, 낭떠러지로 갈 수도 있다.

발밑이 아니라 먼 미래를 내다보면서 현재를 걸어나가자.

스웨그

힙합 음악을 이야기할 때 '스웨그(SWAG)'라는 단어를 빼놓을 수 없다. 스웨그란 감각적으로 자신을 컨트롤하여 뽐내는 것이다. 즉 몸을 통해 자유자재로 자기를 표현하는 방법이며 발랄하고 창의적이면서 사회에 거친 가벼움을 드러내는 것이다. 스웨그의 핵심은 가벼움이 아니라 무거운 것을 가볍게 만드는 본질을 꿰뚫는 능력이다. 미래 여행도 무거운 것을 가볍게, 단순하게 만드는 것부터 시작한다.

미래는 멀리 있는 것이 아니다. 미래 여행은 우리가 속해 있는 곳에서 사랑하는 사람들과 함께 살며 미래 비전을 향해 자기가 맡은 일을 끊임없이 실천하는 과정이다. 미래를 바꾸는 것이 어렵다고 포기하지 말고 바로 자신이 속해 있는 곳에서부터 조금씩 시작해 보자.

미래 여행자는
이야기꾼

옛날에는 이야기를 만들거나 다른 사람에게 전하는 사람들은 가난했다. 지금은 이야기, 스토리텔링을 잘하면 부자가 될 수 있다. 『해리포터』의 작가 조앤 롤링(Joan K. Rowling)은 포르투갈에서 영어강사로 일하다 만난 현지 방송사 기자와 결혼했는데 이들의 결혼 생활은 오래가지 못했다. 남편과 이혼한 후 딸아이를 데리고 2년 만에 영국으로 돌아갔다. 딸에게 동화책 사줄 돈이 없었던 조앤 롤링은 동네 카페에 가서 냅킨에 어려서부터 들었던 이야기를 썼고, 이것을 재구성하여 만든 책이 바로 『해리포터』 시리즈이다.

그녀는 세계적인 이야기꾼이다. 예전에는 이야기하는 사람을 천하게 보았다. 하지만 지금은 하나의 이야기를 활용해 영화, 게임, 음반, 캐릭터 상품, 애니메이션, 장난감 등 다양한 장르로 변용하여 판매해 부가가치를 극대화하고 있다. 이야기만 잘하면 떼돈 버는 세상이다.

미래 여행자도 다양한 미래의 시나리오를 작성하므로, 조앤 롤링처럼 풍부한 상상력을 가진 이야기꾼이 되어야 한다.

Slow 미래 여행

　한국 사회는 다른 나라에 비해 모든 것에 속도를 내왔다. 하지만 미래를 여행할 때는 '더 빠르게'가 항상 좋은 것은 아니다. 최고의 미래 시나리오는 충분한 시간과 자원을 투입할 때 비로소 만들어진다. 속도를 늦추어 지금 가고 있는 길을 천천히 살펴보자. 느림은 빠른 속도로 박자를 맞추지 못하는 무능력이 아니라, 경건하고 주의 깊게 관찰하는 삶의 방식이다.

　미래 여행의 목표는 겉핥기식이 아니라 훨씬 더 깊이 들어가 사람들이 무엇을 원하고 희망하는지 내면을 바라보는 것이다.
　'이 문제에 대한 근본적인 원인은 무엇인가?'와 같은 질문을 통해 겉보기에는 전혀 무관해 보이는 문제들의 공통점을 찾아보자.

Slow Future Travel

미래학, 인문학을 만나다

함께하는
미래 여행

미래 탐색을 한 명의 리더가 하지 않고 여러 구성원이 함께해야 하는 이유는 무엇일까?

1996년 하버드대학교 에이미 에드먼슨 교수는 하버드대학병원 8개 병동을 조사한 결과, 치료성과와 팀워크가 좋은 병동일수록 투약실수가 빈번하다는 것을 알게 되었다. 투약실수가 적은 병동은 징계에 대한 두려움으로 실수를 보고하지 않았다. 투약실수를 밝히고 조처를 한 병동이 우수병동으로 선정된 것이다.

미래 사회를 예측할 때 언제든 실수나 오류가 생길 수 있다. 실수와 오류를 부정적으로 생각하기보다는 이것을 통해 문제를 재정의하고 방향을 수정하는 과정이 더 중요하다.

특히 리더 한 명이 독단적으로 미래를 예측하면 미래를 보는 자신만의 프레임에 빠져 틀릴 가능성이 높다. 따라서 여러 구성원들의 다양한 생각과 프레임을 반영하여 미래를 그려 보아야 한다.

나의 존재
의의 확인하기

> 연탄재 함부로 발로 차지 마라.
> 너는
> 누구에게 한번이라도 뜨거운 사람이었느냐.
>
> — 안도현 「너에게 묻는다」

연탄은 한때 힘차게 타오르는 불덩이였다. 연탄이 만든 열기로 사람들은 지친 몸을 달랬다.

미래를 여행하다 보면, '나는 살면서 무엇을 원하는가?', '내가 중요하게 생각하는 가치는 무엇인가?'라는 질문을 통해 자기 자신을 발견하게 된다.

우리에게 정말 소중한 것은 일도, 재산도 아닌 그저 우리 자신일 뿐이다. 우리가 희망하는 미래에 대해 목적의식을 가지고 하루하루 열정을 다해 살아야 한다. 그러면서 미래에 대한 자신의 존재 의의를 확고히 정하자.

미래학, 인문학을 만나다

문학, 역사,
철학이 만나는 점

문학은 인간의 마음을 보여주고

역사는 인간이 걸어온 길과 앞으로 나아갈 길을 말해주며

철학은 인간의 생각을 알려준다.

미래학은 바로 문학과 역사와 철학이 만나는 점에서부터 시작된다.

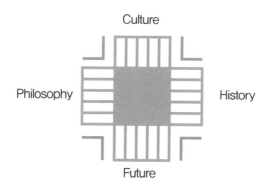

미래 여행자의 특성

미래 여행자는 다양한 각도로 미래를 살펴보기 위해 6가지 원칙에 따라 질문하고 행동한다.

① 보고 ② 듣고 ③ 느끼고 ④ 상상하고 ⑤ 말하고 ⑥ 행동하다.

이 6가지가 미래 여행의 육하원칙이다. 미래 여행자는 이 육하원칙과 함께 다음과 같은 10가지 특성을 가진다.

1. 미래 여행을 통해 불확실성의 확대 경험을 다른 사람에게 선사한다.
2. 변화를 적극적으로 수용하고 혁신을 추진한다.
3. 재미와 위트, 그리고 엉뚱함을 창조한다.
4. 모험정신을 가지며 항상 새로운 것에 도전한다.
5. 배움을 추구하며 독창적인 시각으로 관점을 바꾼다.
6. 적극적으로 의사소통하며 열린 마음과 관계를 추구한다.
7. 긍정적인 팀워크를 유지하며 상호 협력한다.

미래학, 인문학을 만나다

8. 열정과 집념 그리고 사명의식을 가지고 임한다.

9. 항상 겸손하며 상호존중과 배려의 자세를 가진다.

10. 사회 구성원과 상생추구를 위해 노력한다.

보고, 듣고, 느끼고,
상상하고, 말하고, 행동하라.

죽음의 순간
후회되는 15가지

 1,000명의 죽음을 지켜본 호스피스 전문의 오츠 슈이치는 죽음의 순간에 가장 후회되는 대표적인 15가지를 조사하였다.

1. 꿈을 꾸고 그 꿈을 이루려고 노력했더라면
2. 진짜 하고 싶은 일을 했더라면
3. 조금만 더 겸손했더라면
4. 친절을 베풀었다면
5. 사랑하는 사람에게 고맙다는 말을 많이 했더라면
6. 나쁜 짓을 하지 않았더라면
7. 죽도록 일만 하지 않았더라면
8. 기억에 남는 연애를 했더라면
9. 만나고 싶은 사람을 만났더라면
10. 고향을 찾아가 보았더라면
11. 가고 싶은 곳에 여행을 떠났더라면

미래학, 인문학을 만나다

12. 감정에 휘말리지 않았더라면

13. 내가 살아온 증거를 남겨두었더라면

14. 내 장례식을 생각해 보았더라면

15. 삶과 죽음의 의미를 진지하게 생각했더라면

위에 열거한 후회하는 항목 대부분은 우리가 마음만 먹으면 지금 당장이라도 얼마든지 할 수 있는 일들이다. 미래에 다가올 죽음의 순간, 위의 15가지만큼은 후회하지 않도록 지금부터라도 하나씩 실천해 보자.

미래 여행자의
역량

　요즘 기업에서 역량평가가 유행하고 있다. 구성원의 역량이 어떤지 인터뷰, 프로젝트 수행, 토론 등 다양한 방법을 통해 평가한다. 여기서 역량은 그 분야에서 일 잘하는 사람의 행동특성이다.

　미래 여행자에게도 선천적인 역량과 후천적인 역량이 필요하다. 선천적인 역량에는 타고난 인지능력이 있다. 후천적인 역량에는 스토리텔링 능력, 필력(글쓰기), 호기심, 학습능력, 열정, 목표의식, 스트레스 관리 능력, 회복탄성력, 유창성, 유연성, 융합성, 대인관계 능력이 있다. 선천적으로 타고나는 특성에 대한 역량과 후천적으로 개발 가능한 영역을 인정하고 미래 여행자를 육성하는 것이 중요하다. 훌륭한 미래 여행자는 하루아침에 만들어지지 않는다. 미래 탐색에 필요한 기술과 역량을 스스로 개발하고 향상시켜야 한다.

　미래 여행자의 전문성은 사회 변화 탐구에 대한 엄청난 집중력에 있는 것이 아니라, 여러 트렌드 속에서 이머징 이슈를 감지하는 통찰력과 미래를 보는 훈련으로 형성된 좀 더 정확한 예측력에 있다.

　미래 여행자의 핵심적인 역량 3가지는 다음과 같다.

미래학, 인문학을 만나다

1. 유창성(Fluency)

유창성은 여러 가지 관점, 미래 이미지 그리고 문제 해결안을 빠르게 많이 떠올리는 능력이다. 또한, 하나의 이머징 이슈가 가지고 올 다양한 시나리오를 빠르고 거침없이 제시한다. 예를 들어, '10년 후 미래의 바이오 기술을 사용하여 만들 수 있는 것들을 가능한 한 많이 생각하기'와 같은 문제는 미래 예측에 대한 유창성을 요구한다.

2. 유연성(Flexibility)

유연성은 틀에 얽매이지 않고 자유로운 생각을 할 수 있는 능력이다. 사회가 기본적으로 가지고 있는 프레임에서 벗어나 새로운 생각을 한다. 고정관념을 깨고 유연한 사고를 하면 시야가 넓어진다. 그러면서 생각이 자유로워져 상상하지도 못했던 다양한 미래 이미지를 볼 수 있다.

3. 융합성(Convergence)

통섭과 융합은 바로 미래 여행자의 핵심 역량이다. 복잡한 미래 사회의 과제 앞에 학문의 경계는 있을 수 없다.

융합은 오케스트라 지휘자(Maestro)가 가지고 있는 능력이다. 마에스트로는 곡에 대한 해석은 물론 모든 악기의 특성과 연주자들의 심리까지 꿰고 조율할 수 있어야 한다. 미래 여행자도 마찬가지다.

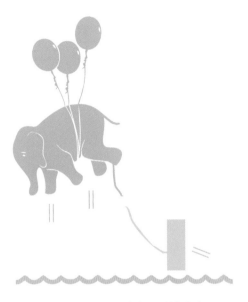

말뚝을 뽑아 내고, 미래를 여행하자

미래학, 인문학을 만나다

코끼리 말뚝이론

평생 말뚝에서 벗어나지 못하는 코끼리처럼 자신의 한계를 스스로 규정짓는 것이 바로 코끼리 말뚝이론이다.

'경영전략의 아버지'로 불리는 하버드대학교 마이클 포터 교수는 다음과 같이 말했다.

"전략이란 천 길 낭떠러지를 접하고 있는 벼랑 끝, 즉 엣지(edge)에 서는 것이다."

우리가 현재의 끝(낭떠러지)에 섰을 때 비로소 새로운 미래 전략의 씨앗을 볼 수 있다.

말뚝을 과감히 뽑아내고 안전한 장소에서 벗어나 미래를 마음껏 탐색하며 여행해보자.

무주의 맹시

    사람들은 눈에 보이는 특정 부분이나 움직임에 주의를 집중하고 있을 때 예상치 못한 사물이 나타나면 이를 알아차리지 못하는 경향이 있다. 자기가 보고 싶은 것에만 집중하느라 정작 중요한 것은 놓치게 되는 현상인데 이를 무주의 맹시(Inattentional blindness)라고 한다.

    우리는 보통 오늘 할 일, 내일 할 일에 집중하며 하루하루 살고 있다. 이렇게 최선을 다하며 살기에 무엇보다 나의 일에는 전문가라고 생각하지만, 사실은 당장 관심 있는 부분을 제외한 나머지 세상은 어떻게 흘러가는지 인지하기가 어렵다. 생생한 시각적 경험 때문에 오히려 큰 흐름을 볼 수 없는 것이다.

    실제로는 모르면서도 알고 있다고 착각하는 경우도 비일비재하다. 터널로 들어가면 아주 조그만 원만 보이듯이 터널시야(Tunnel Vision)를 가지면 이런 일들이 일어난다.

    우리는 눈앞에 일들을 분명히 본다고 생각하지만, 사실 우리가 인지

하는 것은 눈에 보이는 세상의 아주 작은 일부일 뿐이다. 이렇게 작은 일부분을 가지고 우리는 경솔한 판단을 하기도 한다.

도로에서 오토바이와 차량이 부딪치는 사고는 계속 발생한다. 도로에는 오토바이보다 차량이 많이 다니므로, 자동차 운전자들은 무의식적으로 '오토바이가 없을 것이다.'라고 판단한다. 하지만 오토바이 운전자는 대부분 자동차 운전자가 자신을 보았음에도 들이받았다고 주장한다. 그 이유는 바라본다고 해서 보는 것은 아니기 때문이다.

무의식적으로 앞에 있는 오토바이를 보았어도 당연히 도로에는 오토바이가 없다고 생각하기 때문에 인지를 못 하게 된 것이다.

바라보지 않고는 볼 수 없지만, 바라본다고 해서 꼭 볼 수 있다고 장담할 수는 없다. 즉, 사물에 시선을 두는 행위가 꼭 보는 행위와 같지 않다는 것이다.

이런 상황을 줄이는 방법이 있다. 예상치 못한 대상이나 사건을 조금이라도 예상할 수 있는 것으로 만들면 된다. 따라서 미래 시나리오를 다양하게 만들 필요가 있다.

전혀 예측할 수 없는 X이벤트조차도 시나리오로 만들어 대비한다면 미래에 발생할 예상치 못한 리스크도 쉽게 피하거나 피해를 최소화할 수 있다.

심리적 관성

업무에 노트북이 필요 없는데도 굳이 노트북 가방을 가지고 출퇴근한다. 특별한 이유 없이 자신의 특성을 계속 지키려는 심리적 관성 (Phychological Inertia)에 메어있기 때문이다.

갈릴레오 갈릴레이는 "물체는 스스로 운동을 계속하는 성질을 가지고 있기 때문에 힘이 작용하지 않으면 일정한 빠르기로 한 방향으로만 계속 진행할 것이다."라고 관성의 개념을 이야기하였다.

관성은 물리적인 현상뿐만 아니라 인간의 심리적 활동에서도 나타난다.

사람은 대부분 자신의 경험이나 지식으로만 문제를 해결한다. 각기 계층의 전문가들은 '미래'라는 상황을 접했을 때, 심리적 관성 때문에 경험과 지식만으로 미래 시나리오를 작성하게 된다. 이 시나리오는 한쪽으로 편향될 수가 있다. 결국, 한정된 지식에서 벗어나 있는 미래에 대한 접근은 하지 못한다.

한 사람의 경험을 바탕으로 인지적인 방법으로만 미래를 여행해서
는 안 된다. 다양한 분야의 사람들, 전문가뿐만 아니라 비전문가까지
미래 탐색에 참가해야 하는 이유가 바로 여기에 있다.

심리적 관성에서 벗어나자

새의 시각 vs 벌레의 시각

숲 위로 날아가면서 숲 전체의 모습을 보는 새의 시각도 필요하지만, 때로는 땅 위에 기어가는 벌레의 시각으로 디테일 하나하나를 살펴볼 필요도 있다.

뉴스를 보면 매일 새로운 사건이 연속적으로 벌어진다. 당시에는 시대의 흐름이 어디로 흘러가는지, 오늘 일어나고 있는 일들이 내일 어떻게 될지 정확하게 예측할 수 없었다. 하지만 6개월만 지나도 '그때 일이 그렇게 가고 있었던 거였구나.' '그때 사회 전반적인 흐름이 이런 거였구나.' 하고 깨닫는 경우가 종종 있다.

'큰 그림을 보려면 나무를 보지 말고 숲을 보아야 한다.'는 말이 있지만, 사실 숲 안에 있으면 숲을 정확히 볼 수가 없다. 그 속에 들어가 있을 때는 변화 흐름을 정확하게 파악할 수 없다. 세상의 빠른 환경 변화를 이해하려면 일단 그 속에서 벗어나 큰 좌표 속에서 큰 그림을 그려야 한다. 그리고 좀 더 여유 있는 생각을 하는 큰 차원의 사고가 필요하다.

미래학, 인문학을 만나다

Bug's view   Bird's view

미래 여행자는 새의 눈과 함께 벌레의 눈도 가져야 한다. 사람은 앞에 있는 큰 산에 걸려 넘어지는 것이 아니라, 작은 돌부리에 걸려 넘어진다. 작은 디테일 하나가 큰일로 다가올 수 있다.

교육 참석 시, 음식, 시설, 강사 등 모든 것이 마음에 들었는데 간식이 제때에 나오지 않았다고 해서 그 과정 전체가 안 좋았다고 생각할 수 있다. 모든 분야에서 그렇듯이 미래를 탐색할 때도 디테일이 점점 중요해진다.

온고지신

온고지신(배울 온, 옛 고, 알 지, 새 신)
[溫故知新]

『논어』에 나오는 구절인 온고지신은 '옛것에서 배워 새로운 것을 깨닫는다.'는 의미다. 조상의 지혜가 시대와 공간을 초월한 미래의 무한 에너지로 발산할 것이라는 가르침을 주었다.

우리는 과거로부터 미래를 준비하는 깨달음을 얻는다. 하지만 옛것에서 세상의 모든 것을 다 배울 수는 없다. 이미 배운 것을 잘 가다듬어 새로운 프레임을 만들고, 다양한 프레임을 적용하여 거기서 새로운 안목을 찾는 것이 온고지신의 또 다른 뜻이다.
미래를 탐색하기 전, 온고지신을 마음속 깊이 새겨두자.

미래학, 인문학을 만나다

Floppy Disk   USB Disk

변화 맹시

 변화 맹시(Change blindness)는 현재와 이전 상황 사이에의 변화를 보지 못하는 것이다. 하지만 더 큰 문제는 변화 맹시가 아니라 '우리는 변화를 알 아차릴 수 있다.'는 생각이다.

다니엘 레빈 교수는 이것을 "변화 맹시에 대한 맹시(Change blindness blindness)"라고 명명했다.

누구나 사람들은 세상이 어떻게 변화하고 있는지 알고 있다고 생각한다. 이것은 크나큰 오류다. 우리는 우리가 인지하는 것을 보는 것이 아니다. 인지했다고 믿는 것을 본다. 우리가 보는 것은 하나의 해석일 뿐이다.

'세상이 어떻게 변화하고 있는가?'에 대하여 정말 자신이 자세히 알고 있는지 다시 한번 곰곰이 생각해 보자.

Futuring

예측과 예보(Forecasting)는 실현 가능성이 높고 단기적이며 불확실성이 낮은 미래를 예측하는 것이다. 사람들에게 가장 익숙하고 흔한 미래 읽기 방법이며 추세분석을 많이 활용한다. 예로는 날씨예보, 내년도 경제상황, 부동산 시장 등을 들 수 있다.

반면, 퓨처링(Futuring)은 '미래를 읽다'라는 동사로 쓰이며 예측, 시나리오, 전망 등 미래에 대한 스토리텔링과 같이 명료하게 미래를 서술하는 행위를 포괄적으로 지칭하는 말이다.

과거에는 오늘날과 같은 인쇄술, 인터넷이 존재하지 않아 리더에게만 독점적으로 지식이 운용되었다. 특별한 지위를 가진 사람들만이 미래를 전망하고 해석하였지만, 현재는 누구나 미래를 예측하고 전망할 필요가 생겼다.

미래에는 '퓨처링'이 일상적인 용어로 쓰이게 될 것이다.

• 세계미래학회 회장 에드워드 쿠니시의 저서 『Futuring』 참고

미래는 3가지 변수로
이루어진 함수

미래는 3가지 변수로 이루어진 함수다.

첫 번째는 시간(Time)이다.

시간은 무한대로 증가한다.

시간에 따라 모든 것이 변한다. 시간은 모든 변화의 과정을 나타내는 척도이다.

두 번째는 불확실한 것들(Uncertainty)이다.

이머징 이슈(Emerging Issue), 미래를 움직이는 동력(Driving forces), 그리고 자연재해, 테러와 같은 X이벤트다.

세 번째는 대체로 이미 결정된 이슈들(Predetermined)이다.

100세 시대, 고령화, 저출산과 같은 인구변화와 BT(생명공학), NT(나노기술), ICT(정보통신기술) 등과 같은 기술발전이다.

3가지 변수로 사람들의 세계를 관찰하고 경험하는 것, 이것이 바로 미래 여행의 출발점이다. 이는 머리보다는 눈과 발, 그리고 손으로 행동하면서 하나씩 실천해야 한다.

미래학, 인문학을 만나다

Time   Uncertain   Predetermined

무위

일본에는 히키코모리, 소토코모리, 프리타 생활을 하는 사람이 많다. 히키코모리는 '은둔형 외톨이'를 뜻하며, 방 안에서만 지낸 지 6개월이 지났다면 히키코모리를 의심할 수 있다. 히키코모리가 집 안에 처박혀서 은둔생활을 하는 폐인이라면, 소토코모리는 일본에서 몇 달간 돈을 벌고 생활비용이 싼 동남아 같은 외국에 나가서 은둔생활을 하는 젊은 층이다. 프리타는 정규직 이외의 취업 형태(아르바이트, 파트타이머 등)로 생계를 유지하는 사람을 말한다.

우리나라도 마찬가지다. 경쟁에서 항상 승리해야 하는 근육질을 가진 남성이 아니라 성격이 온순하고 착하며, 감수성이 풍부하고, 요리도 잘하며, 꼼꼼하고 섬세한 성격의 초식남이 등장하고 있다.

초식남은 초식 동물처럼 온화하고 부드러운 이미지를 가진 남자를 일컫는다. 직장을 찾거나 성공을 위해 매진하기보다 현실에 만족하는 경향이 있으며, 이성에 대한 관심보다는 자신의 관심 분야, 취미활동에 몰두한다. 앞으로 초식남은 점점 증가할 것이다.

미래학, 인문학을 만나다

미래로 갈수록 성과주의에 몰두한 나머지 치열한 경쟁을 거치면서 인류에게 만성피로가 나타나고 정신병, 우울증, ADHD, 성격장애도 동시에 발생할 것이다.

성과주의 사회의 과잉활동에 맞선 사색적인 삶, 영감을 주는 무위와 심심함, 명상, 멍 때리기, 딴생각하기 등 휴식의 가치가 다시 한번 중요해지고 있다.

장난감에서
미래 만나기

1980년대 태권V, 건담, 철인 28호, 마징가Z 등의 만화를 보면서 로봇을 직접 타며 원하는 대로 조정해보고 싶다고 마음속으로 상상했던 시절이 있었다. 현재는 또봇, 카봇, 바이클론즈, 파워레인저 등 많은 애니메이션에서 다양한 형태로 변신 가능한 로봇들이 나와 아이들에게 꿈과 희망을 안겨주고 있다.

일본 스이도바시 중공업에서 초대형 탑승 로봇 '쿠라타스(Kuratas)'를 출시한 적이 있다. 높이 4m, 폭 3m, 무게 5톤의 로봇으로 4개의 바퀴가 장착되어 있어 이동할 수 있고 사람이 로봇에 직접 탑승하거나 스마트폰을 활용하여 로봇을 조종할 수도 있다. 팔에는 비비탄 바주카포와 물총이 달려있어서 목표물에 조준도 가능하다. 가격은 약 11억 원으로 온라인상에서 판매하였는데 판매 6일 만에 전량 매진되었다.

이 장난감 로봇의 출현이 실제 전투형 로봇 개발을 위한 기술 발전에 기여하여 '아이언맨'과 같은 전투형 로봇 슈트가 세상에 곧 나올 것이다.

몇십 년 전에 방영했던 미국 드라마 「스타트랙」에 아이패드와 똑같은 모형의 기기가 등장했던 것처럼, 아이들의 장난감과 애니메이션은 미래 사회를 반영해 주는 커뮤니케이션 채널이 될 수도 있다.

Learn from Toys

이순신 장군은
아직도 살아 계신다

　이순신 장군은 왜 지금도 광화문에 살아 계시는가?

　이순신 장군은 "죽기를 각오하면 살아날 것이고, 살려고 하면 죽을 것이다."라고 하였다.

　장기를 둘 때 이기려고 바동바동하면 앞의 수가 잘 안 보인다. 하지만 옆에서 보면 훈수 두는 사람들이 아주 좋은 수를 이야기하는 경우가 많다. 떨어져서 보면 좋은 수가 보인다는 것이다. 정말 어려운 결단을 내릴 땐 당장의 이익보다는 멀리 보는 안목을 가져야 한다.

　학교에서 역사, 세계사 등 인류의 과거를 배운다. 하지만 '미래학'은 배우지 않을뿐더러 과목도 존재하지 않는다.

　멀리 보는 안목을 가지려면 미래에 대한 연구와 고민이 필요하다. 이것은 전문가뿐만 아니라, 초등학생, 중학생, 고등학생도 마찬가지다.

미래학, 인문학을 만나다

미래 여행자의
Do & Don't

미래 여행은 특별한 재능을 가진 전문가들만 하는 것이 아니다. 미래 여행자의 〈Do & Don't List〉를 알고 스스로 끊임없이 학습하고 노력하면 원하는 미래를 만들어 나갈 수 있을 것이다.

〈Do list〉

1. 사고의 유연성을 가져라.
2. 미래세대를 위한 아이디어를 실행하라.
3. 미래 사회에 대한 상상력을 발휘하라.
4. 다양하고 폭넓은 지식을 활용하라.
5. 동전의 양면처럼 대립적인 문제들을 듣고 소통하라.
6. 바람직한 미래를 위한 것이 무엇인지 개념을 명확히 하라.

〈Don't List〉

1. 변화를 회피하지 마라.
2. 선입관, 고정관념을 버려라.
3. 부정적 사고에서 벗어나라.

미 래 학 ,

인문학을　만나다

PART

03

원하는 미래 상상하기

01   02   03   04   05

The best is yet to come

'우리에게 가장 좋은 날은 아직 오지 않았다.'

(The best is yet to come)

우리 인생에서 가장 좋은 부분은 우리 앞에 놓여 있다.

미래에 대한 희망을 품고 더 좋은 미래를 상상하며 살아가야 하는 이유다.

'내일 지구가 망할지라도 오늘 사과나무를 심겠다.'는 스피노자의 말처럼, 미래의 불확실성을 오늘의 불성실에 대한 핑계로 삼으면 안 된다. 한발은 현실에 담그고, 한발은 미래에 담그며 세상에 나아가야 한다.

미래 비전은
사회의 나침반

Vision = Way to go

영국의 역사가인 토머스 칼라일은 "분명한 목표가 있는 사람은 험난한 길에서도 앞으로 나아가고 아무런 목표가 없는 사람은 순탄한 길에서도 앞으로 나아가지 못한다."라고 말했다.

미래 비전은 어떻게 보면 『좋은 기업에서 위대한 기업으로』의 저자 짐 콜린스가 말하는 대담한 목표(BHAGs, Big Hairy Audacious Goals)일

미래학, 인문학을 만나다

수도 있다. 새로운 걸음의 바탕이 그전의 걸음인 것처럼, 미래 비전도 과거의 경험에 기반을 두고 다양한 사람들의 의견을 통해 정한다.

미래 탐색을 통하여 강력한 리더십을 발휘하기 위해서 가장 먼저 필요한 것은 확실한 미래 비전을 제시하는 일이다. 확고한 미래 비전은 사회 구성원 모두의 에너지를 한 방향으로 정렬시키고 역량을 결집시켜 강력한 사회를 만들지만, 뚜렷한 미래 비전이 없으면 구성원 서로에 대해 느끼는 신뢰가 사라지게 된다. 강력한 미래 비전에는 의미 있는 목적과 미래의 빅 픽쳐(Big Picture), 분명한 핵심가치가 있어야 한다.

피터 드러커는 "좋은 일은 우연히 일어나지 않는다."고 말했다. 바람직한 미래는 그냥 쉽게 우리에게 다가오지 않는다. 강력한 미래 비전을 세우고 구성원 한 명 한 명이 행동하면서 노력할 때 우리가 원하는 미래를 만들어 나갈 수 있다.

새파란 하늘 아래

소중한 것을 깨닫는 장소는 언제나
컴퓨터 앞이 아니라 새파란 하늘 아래였다.
　　　　　　　－ 다카하시 아유무 『LOVE & FREE』 중에서

미래를 보려면 컴퓨터 모니터가 아니라 창밖을 바라보아야 한다.

미래학, 인문학을 만나다

눈감고 보기

화가 마티스는 이런 말을 남겼다.

"나는 눈을 뜨고 있을 때보다

감고 있을 때 사물을 더 잘 볼 수 있다."

미래 연구 역시 다양한 정보를 수집해서 분석하는 것도 중요하지만 때로는 눈을 감고 앞으로의 미래 사회를 상상하며 그려 보는 것이 필요하다.

너무 이성적으로 미래를 바라보면 제일 중요한 '사람'은 못 보고 지나칠 수 있다. 어떤 미래든지 미래를 만드는 것은 사람이라는 사실을 절대 잊어서는 안 된다.

모든 것에 정답이 반드시
존재하는 것은 아니다

우리는 평소에 사물을 있는 그대로 받아들인다. 어릴 때부터 모든 것에는 정답이 있다는 것을 주입식으로 교육받은 영향이 크다.

3.( )

이런 것을 보게 되면 무의식적으로 괄호 안에 숫자나 단어를 넣고 싶다. 하지만 모든 것에 반드시 정답이 존재하는 것도 아니고, 정답도 하나가 아니라 여러 개가 존재할 수도 있다.

우리는 물건은 물건대로, 사람은 사람대로, 자연은 자연대로 우리가 경험하여 알고 있는 지식과 상식만으로 모든 것을 규정하고 정의하고 받아들인다. 그러다 보면 다른 사람들이 생각하는 관점과 틀을 벗어나기가 어렵고, 당연한 것을 뛰어넘는 데도 한계가 있다.

휴대전화를 단순히 전화로만 봐서는 스마트폰이 출시될 수 없다. 휴대전화의 본질을 커뮤니케이션으로 재정의하여 휴대전화가 다양한 방향으로 진화하게 된 것이다. 우리는 물건의 마음, 사람의 마음, 자연의 마음을 찾는 데 온 힘을 기울여야 한다. 그래야 새로운 시각으로 미래를 바라볼 수 있다.

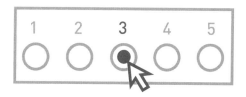

Always right – Wrong!!
Things changed

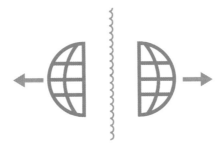

The end is the new beginning

미래학, 인문학을 만나다

끄트머리

우리말 중 '끄트머리'라는 단어가 있다.

'끄트머리'는 끝이 되는 부분, 일의 실마리 등을 뜻한다. 끝에서 새로운 시작을 보았던 우리 민족의 관점을 볼 수 있다.

미래 시나리오 중에는 '붕괴' 시나리오가 있다.

붕괴 시나리오는 이 세상의 끝이 아니다. 끝은 새로운 시작이다.

붕괴로 인하여 유토피아가 열릴 수도 있다.

마음의 문은 항상 '미래에 대한 가능성'으로 활짝 열어 두자.

문이 닫히면
다른 문이 열린다

주께서는 한쪽 문을 닫을 때, 다른 창문을 열어 놓으신다.
When the Lore closes a door, somewhere he opens a
window.

– 영화 「사운드 오브 뮤직」 중에서

　과거의 문이 닫히면 새로운 미래의 문이 열린다. 미래의 문은 새로운 세상으로 연결되어 있으며 어제와 다른 일로 가득 차 있다. 우리가 어떤 문을 선택하느냐에 따라 미래의 문은 달라진다. 우리의 인생에는 여닫아야 할 문들이 무수히 많다. 새로운 곳, 새로운 모험, 새로운 가능성이 널리 퍼져 있다. 과거의 문을 닫고 새로운 미래의 문을 열 생각이라면 먼저 우리가 꿈꾸는 미래의 이미지와 라이프스타일이 어떤 것인지 생각해봐야 한다. 아무것도 모르는 상태보다는 조금이라도 알고 떠나는 것이 현명하다. 미래의 문을 열고 우리가 미래에 살게 될 장소에 대해 알아볼 수 있는 세 가지 방법을 소개한다.

미래학, 인문학을 만나다

Open the door !

① 미래의 문을 열 수 있는 방법에 대하여 잘 알고 있는 사람을 찾아보자.

② 먼저 상상 속에서 미래의 삶을 경험해보자.

③ 미래 사회로 여행을 간다는 기분으로 탐험가가 된 우리의 모습을 상상해
보자.

자세히 보아야 예쁘다

자세히 보아야 예쁘다.
오래 보아야 사랑스럽다.
너도 그렇다.

– 나태주 「풀꽃」

　무심코 지나칠 수 있는 것들을 자세히, 오래 그리고 깊이 보는 세심한 관찰 속에서 미래에 대한 통찰력이 생긴다. 사물의 껍데기만 보는 것이 아니라 그 속까지 깊이 들여다보아야 하고 자세히 오래 보아야만 숨어있는 미래를 볼 수 있다.

미래학, 인문학을 만나다

죽은 시인의 미래

영화 「죽은 시인의 사회」에서 존 키팅 교수는 책상 위에 올라서서 학생들에게 이렇게 말한다.

"나는 나 자신에게 끝없이 사물을 다르게 바라봐야 한다는 것을 일깨워주기 위해 여기 서 있다. 이 위에서는 세상이 다르게 보이지. 믿지 못하겠다면 너희도 올라서 봐!

어떤 확신을 갖게 되면 그것을 다른 각도에서 다시 생각해 보도록 노력해야 해. 그것이 비록 잘못된 일이거나 바보 같은 짓이라 해도 말이야. 책을 읽을 때는 저자의 생각만 따라가지 말고 자기 생각에도 귀를 기울여 봐. 미지의 땅을 걷는 모험을 강행하란 말이야."

미래는 다양한 인자가 서로 얽혀 만들어져 가며, 때론 X이벤트가 흐름을 급격히 바꾸곤 한다. 따라서 한 시각으로만 사물을 보면서 예측한 미래는 틀릴 수밖에 없다. 다양한 각도에서 생각해보고 우리가 진정 원하는 미래 이미지에 대하여 귀를 기울여 봐야 한다.

성공과 성취

성공과 성취는 다르다. 자신이 원하는 것을 소유하는 것이 성공이라면 성취는 자신의 소유한 것에 만족하고 기뻐하는 것이다. 지금 끼니 걱정을 안 하고 있다면 성공했다고 볼 수 있지만, 성취한 것은 아니다.

국가와 기업은 미래 비전을 '지속 성장'에 두는 경우가 많다. 끊임없는 지속 성장에 대한 욕망은 환경 파괴 등 많은 부작용을 일으킨다. 따라서 미래를 볼 때 성공보다는 성취에 초점을 맞추어야 한다.

아침이 되면
왜 일어나는가?

　목적은 우리가 존재하는 이유이며 일상에서 마주치는 모든 경험 속에서 살아 있음을 느끼게 해주는 핵심 철학이다. 목적은 목표가 아니다. 목표는 도달할 수 있는 그 무엇이지만 목적은 결코 도달할 수 없다. 목적은 장소가 아니라 방향이다. 미래 여행에서 중요한 것은 속도가 아니라 방향이다. 목적은 어느 길로 가야 할지 알려주는 진실의 나침반이다. 아침에 왜 일어나는지에 대해 말해주는 해답이다.

　중요한 것은 삶의 목적을 현재시제로 표현해야 한다는 점이다. 그것이 항상 유효하다는 사실을 분명히 하기 위해서다. 원하는 미래를 상상하거나, 미래에 대한 비전을 세울 때도 현재시제로 표현하자.

잠정적 실직 상태

'평생직장'이란 개념이 사라진 지 오래다. 급변하는 환경 속에서 업계 1위 기업도 한순간에 없어지기도 한다. 안정을 상징하던 공기업도 수많은 직원을 해고하는 상황에서 우리의 직장 역시 언제든 예고 없이 사라져 버릴 수 있다.

세계경제포럼(WEF)은 「일자리의 미래」 보고서에서 미래에는 인공지능, 로봇기술, 생명과학 등이 주도하는 4차 산업혁명이 다가와 상당수의 기존 직업들이 로봇으로 대체되어 사라지고, 기존에 없던 새로운 일자리가 생길 것이라고 예측하였다.

앞으로 5년 이내에 선진국에서 500만 개의 일자리가 사라지고, 사람뿐만 아니라 로봇하고도 경쟁하는 시대가 올 것이다. 어떻게 보면 모든 사람이 '잠정적 실직 상태'에서 직장 생활을 하고 있는 것이다.

창의적 사고와 평생 학습의 필요성이 커지는 동시에 조직 내에서 살아남기 위한 생존 경쟁도 더욱 치열해지고 있다. '당신의 직위와 직장이 무엇이냐?'보다 '당신이 할 줄 아는 것이 무엇이냐, 창의적 사고를 가지고 있느냐, 다른 사람과 협동하여 시너지를 낼 수 있느냐?'가 더 중요한 문제가 될 것이다.

지금부터 오랫동안 미뤄두었던 질문을 끄집어내 보자.

"30년 후에 내가 원하는 나의 모습은 무엇일까?"

다양한
미래 프레임

저녁에 순두부찌개를 먹은 사람이 식사를 마친 후, 바로 다음 날 저녁 메뉴를 정해야 한다고 가정해보자. 이 사람이 가장 좋아하는 것이 순두부찌개여도 다음 날 또 순두부찌개를 먹겠다고 하지는 않을 것이다. 좀 전에 순두부찌개를 이미 먹었기 때문이다. 하지만 조사 결과, 다음 날 저녁에 순두부찌개를 또 먹는 것이 만족도가 제일 높았다.

현시점에서는 미래의 시간을 제대로 상상하기가 힘들다.

마트에 가서 장을 볼 때도 마찬가지다. 우리는 종종 값이 싸다고 구매하려고 했던 물품이 아닌데도 사곤 한다. 이렇게 산 물품들은 시간이 지난 후 고스란히 쓰레기통으로 간다. 이것은 우리가 미래 상황을 현재의 한쪽 방향으로 쏠린 프레임으로 생각하고 보기 때문이다.

현재에서 볼 때, 과거는 이미 발생한 일의 결과이므로 '과거는 예측할 수 있다.'고 착각하게 된다. 과거로 돌아갈 수 있다면 1997년 말 한국의 외환위기도, 뉴욕 쌍둥이 빌딩에 테러가 발생했던 9·11 사태도

막을 수 있다고 생각한다. 과거에 대한 이러한 자신감은 현재의 프레임으로 봤을 때만 나타날 수 있다.

과거도 현재와 같이 복잡하고 한 치 앞도 예측하기 어려운 시대였다. 과거를 한 가지 프레임으로 보면 안 되는 것처럼 미래도 다양한 프레임을 가지고 바라보아야 한다.

미래를 현재의 불타는 의지와 열정을 가지고 보면 장밋빛 미래만 그리게 된다. 현재의 의지와 생각으로는 미래의 모든 일이 계획대로 순조롭게 진행될 것으로 보인다. 하지만 미래는 개인의 의지만으로 바뀌지 않는다.

현재의 프레임이 만들어내는 지속 성장하는 장밋빛 미래, 이 미래가 주는 착각에서 빠져나와 다양한 시각으로 미래를 직시해야 한다.

미래 프레임
선정 방법 3가지

생각하는 대로 살지 않으면, 사는 대로 생각하게 된다.
– 폴 부르제

아무 생각 없이 살다 보면, 다가오는 미래를 쫓아가기에 급급하다. 미래 프레임을 가지고 변화에 대해 사유하면서 주체적으로 미래를 만들어 가야 한다. 미래 프레임을 선정할 때 다음과 같은 3가지 방법이 있다.

1. 의미 중심의 프레임을 가져라.

미래세대를 위하는 일이 어떤 것인지 생각해보자. 시간이 갈수록 환경오염은 점점 심각해지고 있다. 우리의 자손인 미래세대가 30년 후 살아갈 미래 사회에서 중요한 의미들을 떠올리면, 미래세대를 위해 지속적으로 행동할 수 있는 힘을 얻을 수 있다. 하지만 '분리수거', '환경보호', '에너지절약' 등의 구체적인 상황을 떠올리면 난감해진다.

일상적인 행동 하나하나를 마치 미래세대를 위한 일이라고 생각하면서 의미 중심으로 프레임을 선정하자.

2. 접근 프레임을 가져라.

미래 탐색을 위해서는 다양한 분야에 접근해 정보를 얻어야 한다. 이것이 '환경 스캐닝' 미래 연구방법이다. 새로운 분야에 대한 거부감보다 흥미와 관심을 가지고 미래가 어떻게 변할지 지속적으로 탐색한다.

3. 비교 프레임을 버려라.

남들과 비교하는 프레임을 버려라. 대신 과거의 나, 현재의 나, 미래의 나를 비교하여 자신이 얼마나 발전하고 있는지, 역량이 향상되고 있는지 시간 개념의 비교 프레임을 가진다.

Choose the Frame

프레임 선택의 자유

아우슈비츠 수용소에 끌려갔다가 죽음의 고비를 넘기고 살아서 나온 정신과 의사 빅터 프랭클은 "한 인간에게서 모든 것을 빼앗을 수 있지만, 한 가지의 자유는 빼앗을 수 없다. 바로 어떤 상황에 놓이더라도 삶의 태도만큼은 자신이 선택할 수 있는 자유이다."라고 했다.

삶은 일방적으로 다가오지만, 삶의 태도 즉, 프레임은 우리가 선택할 수 있다. 마찬가지로 미래에 대한 프레임도 우리가 선택할 수 있다. 이 것은 우리의 자유이자 권리다.

미래학, 인문학을 만나다

X이벤트

대부분의 민항기는 미국 뉴욕의 쌍둥이 빌딩을 향해 돌진하지 않으며, 대부분의 파도는 일본 원자력 발전소가 폭파될 정도로 높게 치지 않으며, 대다수의 잠수함은 어선을 들이받지 않는다. 수많은 월스트리트 애널리스트들도 거대한 금융기업이 망하는 것을 예측하지 못했다.

뜻밖의 상황을 예상하지 못하는 이유는 한마디로 잘 일어나지 않기 때문이다. 더 중요한 사실은 예외상황을 예측하지 못해 이런 사건이 발생하면 그 결과가 인류 역사의 흐름을 바꿀 정도로 심각하다는 것이다. 이 사건들을 'X이벤트'라 부른다. X이벤트는 발생 가능성은 매우 낮으나, 일단 발생하면 엄청난 파급력을 가지는 극단적인 사건이다. 이를 대비하기 위해서 X이벤트가 발생했을 때, 어떠한 상황이 벌어질지 묘사한 다양한 시나리오를 사전에 체계적으로 수립한다. 이에 대한 대응 방안도 함께 마련한다.

미래 연구의
7가지 장애요인

바람직한 미래 비전을 달성하기 위해서는 그에 상응하는 창의적이고 혁신적인 미래 연구가 요구된다. 그러나 다음과 같은 7가지 장애요인이 미래 연구를 방해하기 때문에 이를 극복해야 한다.

1. 심리적 관성

스스로 생각하기에 현재 상태에 그다지 큰 문제가 없으므로, 새로운 에너지를 투입하여 지금의 상태를 바꾸려고 노력하지 않는다. 심지어 큰 문제가 있음을 인지한 경우에도 오히려 자신의 현재 상태를 굳건히 지키고자 한다.

2. 인지의 오류

인지의 오류는 현실을 제대로 지각하지 못하거나 사실 또는 그 의미를 왜곡하여 받아들이는 것을 말한다. 모든 상황이나 사물에 대해 양극단의 범주 중 하나를 평가하는 이분법적인 논리라든지, 한두 가지의 사건이나 경험만으로 얻은 주관적인 결론을 가지고 마치 모든 것에 적용되는 일반적인 사실인 것처럼 생각하는 오류가 포함된다.

3. 선택적 추상화

사건이나 상황을 개념화할 때 전체적인 흐름 속에서 주된 내용은 무시한 채 한 가지 세부 특징에 초점을 맞추거나, 하나의 사실만을 취하여 전체적인 의미를 해석하는 경향이다.

4. 극대화와 극소화

사건의 의미와 중요성을 주관적으로 왜곡하여 받아들이는 것이다. 부정적 사건의 의미를 지나치게 확대·과장하거나 긍정적 사건의 의미를 축소한다.

5. 임의적 추론

어떤 사건이나 상황을 단정 지을 때 명확한 근거나 증거의 뒷받침 없이 그저 주관적으로 추측하여 생각하는 것이다.

6. 잘못된 미래 비전의 설정

비전은 이상성을 가지고 있기에 처음부터 명확하게 목표를 정의해야 한다. 미래에 무엇이 중요한지 질문을 하고 그에 대한 사회 구성원들의 내면의 소리에 귀를 기울여보자. 미래 비전이 올바르게 설정되지 않으면 모든 행동이 헛수고가 된다.

7. 지식의 부족

미래를 움직이는 동력(Driving forces, 미래를 변화시키는 원동력을 가리키거나 그런 힘을 만드는 에너지원)을 모르기 때문에 왜 미래가 이렇게 흘러가는지 원인을 알 수 없다. 바람직한 미래를 달성하기 위한 행동이 어떤 것인지 몰라 미래에 다가올 문제를 해결하지 못한다.

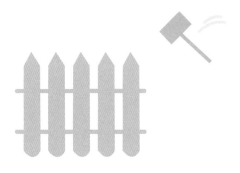

Break the Barriers

유토피아

'유토피아(Utopia)'라는 말은 영국의 사상가 토머스 모어가 처음 만들었으며, 1516년에 라틴어로 쓰인 그의 저서『유토피아』에서 유래되었다. 그리스어의 ou(없다), topos(장소)를 조합한 말로서 '어디에도 없는 장소'라는 뜻으로 현재 지명으로 쓰고 있다. 즉, 유토피아는 '현실에는 결코 존재하지 않는 이상적인 사회'를 일컫는다.

현실이 이상적이고 완벽하면, 유토피아나 미래 비전에 대한 논의가 등장할 필요가 없다.

병이 있을 때 의사를 찾듯이, 세상이 어지러우면 유토피아처럼 미래 비전에 대한 동경과 의구심을 갖는 사람이 생기기 마련이다.

미래에 대한 생각

1964년 우리나라가 1억 달러를 수출했을 때 에티오피아, 모잠비크도 비슷하게 1억 달러를 수출했다. 하지만 2004년 우리나라가 2,844억 달러를 수출한 것에 비해 에티오피아는 7억 달러, 모잠비크는 15억 달러 수출에 그쳤다.

1960년대에는 무연탄, 철광석, 오징어를 수출했고, 1970년대에는 가발, 섬유, 합판, 2000년대에는 컴퓨터, 반도체, 자동차, 무선통신기기를 수출했다. 엄청난 변화를 한 것이다. 이런 통계데이터만 보더라도 지금 우리가 쓰고 있는 물품이 10년 후에 어떻게 바뀔지 알 수 없다.

만약 과거에 다양한 미래 시나리오를 세우고 대비했다면 우리나라는 어떠했을까? 지금보다 나아졌을까? 아니면 오히려 부작용을 낳았을까?

삼성 이건희 회장이 자주 하는 이야기가 있다.

"지금이 진짜 위기다. 10년 안에 삼성이 대표하는 사업과 제품이 사라질 수 있다. 다시 시작해야 한다. 머뭇거릴 시간이 없다."

미래학, 인문학을 만나다

급변하는 환경 속에서 머뭇거릴 시간 없이 우리는 항상 미래를 생각해야 한다.

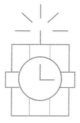

Time is limitted

바뀌지 않는 것들

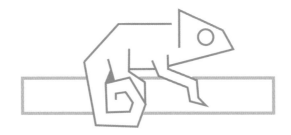

바뀌지 않는 것은 무엇일까요?

미래학, 인문학을 만나다

아마존 회장인 제프 베조스는 이런 말을 한 적이 있다.

"저는 종종 '10년 후에는 뭐가 바뀔 것 같습니까?'와 같은 질문을 자주 받습니다. 그 질문도 흥미롭기는 하죠. 그런데 아무도 '10년 후에도 바뀌지 않을 게 뭡니까?'라는 질문은 하지 않더군요. 제 생각엔 이 질문이 더 중요하다고 봅니다. 왜냐하면, 시간이 지나도 변하지 않는 것을 중심으로 사업 전략을 짤 수 있기 때문이죠.

우리가 속한 리테일 비즈니스에서는 항상 소비자들이 낮은 가격을 원한다는 것을 알고 있죠. 이건 10년이 지나도 바뀌지 않을 겁니다. 또, 소비자들은 빠른 배송을 원하고, 물건을 고를 때 다양한 선택의 폭을 원하죠. 10년 후에 소비자가 저에게 와서 '아마존을 좋아하지만, 물건값 좀 올려 받으면 좋겠네요.'라고 말하는 건 상상할 수 없습니다. 마찬가지로 '배송 좀 천천히 해주세요.'라는 말도 나올 리가 없죠. 그래서 우리는 이런 일들을 위해서 많은 투자와 노력을 합니다. 오랜 시간이 흘러도 변하지 않는 사실이 뭔지를 안다면, 거기에는 큰 투자와 노력을 해도 좋은 것이죠."

10년 후 미래의 사회 변화를 다음과 같은 3가지 프레임으로 볼 수 있다.

① 현재는 없는데 미래에 새로 생길 것들, ② 현재에는 있는데 미래에 사라질 것들, ③ 현재에도 있고 미래에도 존재하는 것들이다.

새로 생길 것들, 사라질 것들도 주목해야 하지만 어쩌면 정말 중요한 것은 현재에도 있고 미래에도 똑같이 존재하는 것들이다. 미래가 어떻게 변할 것인지에 대한 연구 중심에서 벗어나 미래에 바뀌지 않을 것에 대한 고민도 필요하다.

정확함이 진실은 아니다

 고흐 그림의 특징은 사실적인 기법의 거부이다. 그는 자신의 그림에 대해 이렇게 말했다.

"일부러 부정확하게 그려서 나의 비사실적인 그림이 직접적으로 사실을 그린 것보다 더욱 진실되게 보이게 하고 싶다."

그의 그림 〈아를의 침실〉도 이런 의도가 잘 담겨 있다. 침대는 지나치게 길어 보이고, 창문이 열린 건지 닫힌 건지도 알 수 없고, 벽면은 지나치게 짧다. 휘어져 있는 마룻바닥, 그림자 없는 침실 등은 그 자신의 마음을 표현한 것이다. 불안정한 흥분상태와 초조함, 불안함을 보여준다.

색채의 마술사로 불린 마티스는 "정확함이 진실은 아니다."라고 하면서 눈에 보이는 대로 그리는 것을 부정하고, 감각을 직접적으로 표현하며 그렸다. 대상의 색을 무시하고 붉은색을 비롯한 원색으로 채색

했다. 이들의 색은 더 이상 자연과 대상의 재현을 위해 존재하지 않는다. 그들의 강렬한 그림은 마치 야수 같아 그들을 '야수파'라고 불리게 했다.

"미래를 예측할 수 있다."고 주장하는 미래학자도 있다. 하지만 미래를 예측하는 순간, 그 미래를 대비하기 때문에 예측한 미래는 바뀌게 된다. 미래를 정확하게 예측하는 것은 불가능하다.

한 가지의 미래(The future)는 없고 여러 가지의 미래(Futures)가 있을 뿐이다. 다양한 미래 속에서 원하는 미래를 선택하고 이를 위해 지속적으로 행동하며, 보다 나은 미래를 만들어 나가야 한다.

미 래 학 ,

인문학을 만나다

PART

04

미래를 위해 행동하기

01   02   03   04   05

미래를 위해
행동하기 어려운 이유

　사람들이 미래를 생각하며, 미래 비전을 세우고 그에 따라 행동하기 어려운 주된 이유는 미래에 누구나 맞이할 죽음을 부인하기 때문이다. '죽지 않고 영원히 살 것처럼' 하루하루를 살기에, 원하는 미래를 위해 해야만 하는 일도 아주 쉽게 뒤로 미룬다. '내일의 준비'와 '어제의 추억' 속에 갇혀 10년 후 미래에 대한 준비는 언제나 잊어버리고 만다.

Dream as if you will live forever,
Live as if you will die today.

주인과 노예

    우리는 먹고사는 문제에 대해서는 끊임없이 고민하지만 10년 후 미래에 대한 사색의 시간은 하루 5분도 채 되지 않는다. 그러면서 달리 뾰족한 수가 없다는 이유로 남들처럼 현재의 답답한 상황을 꾹꾹 참아내고 있다. 하지만 더 심각한 것은 참는 것을 반복할수록 우리 삶의 형태도 엉망으로 변한다는 점이다.

    직장인은 대부분 월요일에는 우울하며 수요일까지는 바빠서 정신없이 보내고 금요일이 되어서야 주말이 왔음을 신에게 "Thanks God It's Friday."라며 감사한다. 결국, 우리는 이런 '다람쥐 쳇바퀴 리듬'에 갇혀 살고 있다.

    "우리는 자기 삶의 주인인가, 아니면 다른 사람들의 노예인가?"

    "미래는 수동적으로 다가오는 것인가, 아니면 능동적으로 만들어 나가는 것인가?"

미래학, 인문학을 만나다

노예는 미래를 수동적으로 받아들이고, 주인은 미래를 주도적으로 만들어 나간다. 미래를 예측하는 방법 중 가장 좋은 방법은 우리 스스로 원하는 미래를 만들어 나가는 것이다.

버그 잡기

컴퓨터 프로그래머들은 대부분 프로그램을 제작할 때 처음부터 완벽하게 만들지 않고 먼저 코드를 작성해 놓은 후, 오류를 하나씩 제거해 나간다. 그들은 프로그램이 처음부터 완벽할 수 없다는 것을 잘 알기 때문에 작은 부분을 신경 써서 만드는 대신, 초기 버전을 만들고 나서 그것을 꼼꼼히 살펴보고 수정하는 방식을 취한다. 이것을 '버그(Bug) 잡기'라고 한다.

책을 쓰는 일도 매한가지다. 한 권의 책이 나오기까지는 수없이 많은 수정 작업을 거쳐야 한다.

그럼 미래 연구는 어떨까?

미래는 예측할 수 없다는 사실을 바탕으로, 다양한 미래 시나리오를 연구하면서 미래의 불확실성 폭을 점점 넓혀 간다. 큰 그림(Big Picture)을 먼저 그리는 것이다.

다양한 시나리오 중에서 우리가 선호하는 미래 이미지와 비전을 설정하고, 미래 비전 달성을 위한 추진 전략을 수립한다.

　미래 전략에 따라 행동하며 나아가는 방향을 지속적으로 모니터링하고 세부적으로 피드백하면, 우리가 원하는 미래를 함께 만들어 나갈 수 있을 것이다.

새로운 관점의 출발

대지진 뒤엔 여진(After Shock)이 찾아온다. 위기 뒤엔 또 다른 위기가 기다린다. 미래가 어떻게 전개될지는 아무도 모른다. 그야말로 위기의 연속인 미래다. 이를 극복하기 위해서는 우리의 관점부터 바꾸어야한다. 하지만 문제는 사람의 관점이 쉽게 바뀌지 않는다는 것이다. 관점을 바꾸려면 새로운 만남이 필요하다. 소프트뱅크의 손정의 회장은 관점에 대해 이렇게 말했다.

"나는 배를 탈 때 절대 멀미를 하지 않는다. 가까운 곳을 보지 않고 먼 곳을 보기 때문이다. 우리도 몇 백 킬로미터 앞을 보아야 한다. 그곳은 물결처럼 평온하다. 앞이 안 보일수록 멀리 내다봐야 한다. 가까운 곳을 보려 할수록 뱃멀미가 심해진다."

이 말은 사람들이 기존에 가지고 있던 관점을 새롭게 바꾸게 해주었다.

나와는 다른 사고방식, 다른 관점, 다른 생각을 접했을 때 변화는 시작된다. 위기의 연속인 미래를 대비하려면 변화해야 하고, 변화하려면 지속적으로 사람들과 만나고 소통하여 자신이 가진 관점을 자유롭게 바꿀 수 있어야 한다.

미래학, 인문학을 만나다

We need to look further

미래의 불확실성

 일어날 확률이 낮은 일이라고 해도, 미래에 그 일이 실제로 발생하면 어떻게 될지 생각해보자. 최악의 경우에 말이다. 세계 곳곳에 일어난 쓰나미, 글로벌 금융위기 등 누구도 예상치 못했던 X 이벤트가 빈번하게 출몰하고 있다. 발생 확률이 낮기 때문에 그것을 무시해도 된다는 의미는 결코 아니다.

우면산 산사태가 일어나기 하루 전, 우면산 근처 지인의 집을 방문한 적이 있다. 그런데 바로 다음 날 서울에 하루에 300mm 이상의 비가 퍼부으면서 우면산 산사태가 발생했다. 이로 인해 많은 주택과 아파트, 주민들이 손해를 입었다. 바로 내일, 생각지도 못했던 일이 100가지도 더 생길 수 있다.

'미래에는 불확실성이 점점 증가할 것이다.'라고 많은 사회 구성원들에게 알리는 것이 미래학의 출발점이다. 어떤 미래가 오더라도 당황하지 않고 원하는 미래 비전을 달성할 수 있도록 구성원을 동기부여 시키는 것이 중요하다.

미래 여행자의
핵심가치

핵심가치는 바람직한 행동을 제시하는 기본적인 규범이며, 가치관이자 신념이다.

핵심가치는 최근 글로벌 기업들의 주요 이슈가 되었다. 많은 경영자들이 미래에는 가치관과 철학이 강한 조직이 승리한다고 믿고 있다. 급변하고 있는 환경 속에서도 사회가 나아갈 방향을 알려주는 나침반이 필요한데 그러한 내부의 나침반이 바로 핵심가치이며, 이는 모든 구성원이 공유하고 신뢰하는 핵심원칙이다.

불확실한 미래 환경 속에서 나아갈 방향을 제시하는 방향타로서 미래학자도 다음과 같은 3가지 핵심가치를 강조한다.

1. 호기심

미래 여행자에게 호기심은 미래 탐색의 원동력이자 아침에 일어나는 이유다.

갈릴레오 갈릴레이는 17세 때, 대성당에서 미사를 드리다가 천장의

샹들리에를 보게 되었다. 우연히 쳐다보게 되었지만, 호기심으로 자세히 관찰해보았다. 샹들리에가 폭과 관계없이 한 번 움직였다가 제자리로 돌아오는 데 걸리는 시간이 같다는 사실을 발견하게 된다. 이것이 그 유명한 진자의 동시성이다.

저명한 미래학자들이 기존의 관점을 깨뜨리는 다양한 저서를 집필하는 것도 매사 호기심을 갖고 미래에 대해 지속적으로 질문한 결과이다.

2. 긍정적 에너지

미래 여행자는 '세계 최고의 리더십 코치' 골드 스미스 박사가 강조한 '모조(Mojo)'를 가져야 한다. 모조는 미국 흑인들의 소원이나 부적을 담는 작은 주머니를 뜻했다. 하지만 지금은 자신감에서 우러나오는 만족감이나 에너지, 활력을 뜻하는 말로 변했다. 여기서 모조는 내면에서 솟아나 외부로 방출되는 긍정적 에너지이다.

'모든 것은 내 안에서부터 나온다.'라는 내면의 깨달음을 통해 다른 사람에게 영감을 주는 역할을 해야 한다.

3. 이타정신

미래 여행자가 자신의 역할에 제대로 성공했을 때는 창문 밖을 내다보며 자신 외의 요인들에 찬사를 돌리지만, 잘못될 때는 거울을 들여다보고 자신에게 책임을 돌릴만한 자질을 가지고 있어야 한다. 미래학자들이 가장 많이 저지르는 실수가 지나친 자기 확신과 자기중심적

태도이다. 대부분 자기 생각과 이론이 맞다고 확신한다. 좀 더 마음을 열고 타인을 생각하며 다양한 관점을 가지자.

과거와 미래를
연결하는 문지기

미래는 모든 것이 '음'과 '양'으로 이루어져 있다. 음양은 우주 만물의 서로 반대되는 두 기운으로 이원적 대립 관계를 나타낸다. 사물을 만들고 성립시키는 '생성의 원리', 서로 순환시키는 '변화의 원리', 이 두 원리가 서로 대립하고 의존하면서 상호작용을 하고 있다. 결국, 미래에는 다음 세 가지와 같은 음양의 균형을 찾는 일이 중요하다.

첫째, 구성원과의 서로 다른 의견의 균형이다. 둘째, 성장과 분배의 균형이다. 셋째, 단기 성과와 장기 성과와의 균형이다.

나무가 아름답게 성장하기 위해서는 뿌리와 가지, 잎의 균형과 조화가 필요한 것처럼 말이다.

미래학자는 스스로 끊임없이 같은 질문을 던진다.

'오늘 우리가 하는 일이 미래에 어떤 의미가 있을까?'

지속 성장이 아니라 더 높은 차원의 이상을 가지고 미래를 연구해야 한다. 미래 연구는 서로 성장하겠다는 '전쟁'이 아니라 '상생'을 목표

미래학, 인문학을 만나다

로 한다. 바람직한 미래 비전을 달성하기 위해 어떤 행동을 해야 하는지, 필요한 요소가 무엇이고, 서로 상생하고 윈윈(Win-Win)하는 상황을 만들기 위해 어떻게 이해당사자들과 공존해야 하는지 연구한다.

학생들에게는 공부하고 싶은 학교, 투자자들에게는 매력적인 시장, 직장인들에게는 일하고 싶은 회사, CEO에게는 구성원과 함께 회사를 성장시켜 나갈 수 있는 사회, 부모들에게는 자식을 잘 키울 수 있는 환경이 되어야 한다. 이를 위해서는 이해 상충보다 시너지가 필요하다.

행동의 관성

사람들은 하루 24시간 중 많은 시간을 라디오, TV, 인터넷 서핑, 스마트폰 사용에 낭비한다. 대화시간의 70%는 다른 사람을 흉보거나 욕하는 데 사용한다. 바로 행동의 관성 때문이다. 아침에 일어나서 아무 생각 없이 TV를 켜서 시청하는 것처럼 말이다.

관성은 '정지한 물체는 정지해 있으려고 하고, 움직이는 물체는 계속 움직이려고 하는 성질'이다. 행동의 관성은 '사람들이 이전에 행동했던 것처럼 행동하고, 가던 방향대로 가고, 일하던 방식대로 일하는 경향'이다.

서양 속담 중 '그래도 아는 악마가 더 낫다(Better the devil you know).'가 있다. 이 속담에는 '현재 처해 있는 상황을 좋아하진 않더라도 새로운 변화를 겪는 것은 더 싫어한다.'는 의미가 숨겨져 있다. 이런 행동 관성의 족쇄를 끊어야 한다.

'왜 이런 일들을 해야 하며, 이런 것들은 왜 필요한 것인가?'

스스로 끊임없이 질문해보자.

오계

중국 송나라 학자 주신중은 "인생에는 오계가 있어야 한다."고 말했다.

여기서 오계는 다음과 같다.

1. 생계: 먹고 사는 문제에 대한 계획
2. 신계: 몸가짐, 건강에 대한 계획
3. 가계: 가문의 장래에 대한 계획
4. 노계: 노년에 대한 계획
5. 사계: 어떻게 죽음을 맞이할 것인가에 대한 계획

매래 탐색에서도 다섯 가지 분야에 대한 계획이 있어야 한다.

1. Society: 사회 분야
2. Technology: 기술 분야
3. Environment: 환경 분야
4. Economy: 경제 분야
5. Politics: 정치 분야

다섯 분야의 앞 대문자를 따서 'STEEP'이라고 한다.

미래는 어디에서 오는가

 세계 경제 위기가 남긴 화두 중 하나가 미래 전략이다. 국가 간, 기업 간 경쟁은 치열해졌고, 변화의 속도는 무한대로 증가하고 있다. 이로 인해 다양한 리스크가 발생한다. 이런 변화무쌍한 환경변화에 우리가 원하는 미래를 어떻게 만들어 갈 것인가? 이에 대한 정답은 없지만 몇 가지 좋은 방법은 있다.

첫째, 미래를 두려워하지 말고 도전한다. 미래를 수동적으로 받아들이지 말고 적극적으로 도전하며 하나씩 만들어 나간다.

둘째, 데이터 분석이나 설문조사에만 의존하지 말고, 직접 눈으로 보고 손으로 만져보며 현장에서 판단한다. 머릿속에서만 이뤄지는 혁신은 없으므로 모니터 앞에만 앉아있지 말고 차라리 거리에 나가 산책을 하는 것이 더 낫다.

셋째, 끊임없는 독서이다. 미래 여행은 '독서+여행'이다. 독서는 앉아서 하는 여행이고, 여행은 서서 하는 독서이다.

미래학, 인문학을 만나다

동기부여

올림픽 시상식을 보면 은메달 수상자보다 동메달 수상자의 표정이 더 밝은 것을 종종 볼 수 있다. 은메달 수상자는 금메달을 딸 수 있었는데 못 따서 '손실 프레임'으로 경기를 보고, 동메달 수상자는 4위로 떨어질 뻔했는데 아슬아슬하게 동메달을 땄다는 '획득 프레임'으로 경기를 보기 때문이다. 때때로 손실 프레임은 강력한 인센티브 효과를 주면서 행동을 이끌어낸다.

미래학자들이 미래 연구 결과를 제시하며 사람들에게 행동을 요구하지만, 그 행동을 이끌어내기는 정말 어렵다. 따라서 이 손실 프레임을 잘 활용해야 한다.

'우리가 한 행동이 미래세대에 큰 영향을 미치므로 미래세대가 ○○을 잃을 수 있다. 미래세대는 우리 자손이다. 미래세대의 손실은 바로 우리의 손실이다.'라는 사실을 지속적으로 인지시켜주어야 한다.

그 후 여러 사람이 바람직한 미래 만들기를 위해 실천하면 '앞사람 따라 하기 효과'로 인하여 더 많은 사람들이 동참하게 될 것이다.

Health for Future Generation

미래학, 인문학을 만나다

미래세대의 건강

"행복의 90%는 건강에 달려있다고 해도 과언이 아니다.
돈, 명예, 승진 등을 위해 건강을 희생하는 것은 바보 같은 짓
이다. 이 모든 것은 항상 건강 뒤에 놓아야 한다."
— 아르투어 쇼펜하우어

진정 미래세대를 위한 미래 여행자라면 미래세대의 건강을 제일 우선
시해야 한다. 이를 위해서는 미래 환경이 제일 중요하다. 깨끗한 환경
없이는 미래세대를 위한 미래는 없다.

자연환경은 우리 것이 아니라 미래세대로부터 우리가 잠시 빌린 것뿐
이다. 우리는 이 소중한 자연환경을 다시 원래대로 미래세대에 돌려줄
의무가 있다.

지금 하라

'마지막으로 미래를 생각해 본 것은 언제였던가?'

'나의 자식들, 손자들인 미래세대의 생활환경에 대하여 걱정한 적은 언제였는가?'

'지금 발생하는 이머징 이슈(Emerging Issue)에 대해 고민해 본적은 또 언제였는가?'

많은 사람들이 자신의 삶을 위해 부단히 노력하지만, 미래를 생각해 볼 시간은 거의 없다.

> "마지막 순간에 간절히 원하게 될 것, 그것을 지금 하라."
> – 엘리자베스 퀴블러 로스 『인생수업』 중에서

미래의 마지막 순간에 간절히 원하게 되는 것들을 고민하고 찾아서 바로 지금부터 시작하자.

미래학, 인문학을 만나다

미래 연구의 플랫폼

대전 근교 신탄진에 가면 매달 3일, 8일, 13일, 18일, 23일, 28일 이렇게 5일장이 선다. 평소 조용한 시내에 장이 서면 물건을 사고파는 흥정이 넘친다. 장터는 조용한 공간을 생명력 있게 살리는 플랫폼이다. 플랫폼은 한 번 만들어지면 참여자들이 모이고 서로 소통하며 사람들의 관계 속에서 스스로 발전하게 된다. 미래 연구도 이런 플랫폼이 필요하다.

아무리 성공적인 미래 연구를 수행했더라도 구성원들이 참여하지 않는다면 무의미하다. 다양한 구성원들의 미래 연구 참여와 바람직한 미래를 함께 만들어 가는 실천이 꼭 필요하다.

'Futures studies that are completed by people participation.'
'미래 연구는 사람들의 참여로 완성된다.'

웃음의 미학

거울을 보면 알 수 있다. 내가 먼저 웃어야 거울도 웃는다는 것을 말이다. 내가 먼저 웃어야 남도 웃을 수 있다.

우리가 이 세상에서 살 수 있는 기간을 80년으로 놓고 볼 때 보통 26년은 잠을 자고, 21년은 일을 하고, 9년은 먹고 마시고, 겨우 20~30일 정도 웃는다.

하루 열 번 정도 웃는 데는 약 5분이 걸린다. 그렇게 하루에 열 번을 웃어도 평생을 다 합쳐 봐야 겨우 88일이다. 하루 15초만 웃어도 이틀의 수명이 연장되고, 하루 45초만 웃어도 스트레스를 이길 수 있다. 웃음은 심장과 간, 위, 췌장 등을 마사지해서 몸을 건강하게 해준다. 일부러 지어내서 웃는 억지웃음도 그 효과는 같다.

그러니, 많이 웃어라.

웃으면 웃을 일이 더 많아진다.

우리가 많이 웃으면, 미래세대도 많이 웃게 될 것이다.

웃으면서 미래세대가 웃을 수 있는 밝은 미래를 함께 만들어 나가자.

아이디어

아이디어가 아이디어 단계에서 끝나면 아무것도 아니다.

실천이 모든 것이다.

완벽하게 계획할 때까지 머뭇거리다가 기회를 놓치는 것보다 차라리 먼저 실천을 하는 것이 낫다. 미래는 많이 안다고 뻐기는 사람보다 하나라도 실천하는 사람에 의해 나아진다.

우리가 원하는 미래와 앞으로 태어날 미래세대를 위해 하루에 하나씩이라도 실천해보자.

From Idea to Action

간디의 배려

    간디는 인도의 아버지라고 불린다. 하루는 지방으로 강연을 가는데 바쁜 일정 때문에 허겁지겁 기차역에 도착하였다. 기차에 올라서자마자 기차가 움직이기 시작해 간디의 한쪽 신발이 벗겨져 기차역 플랫폼에 떨어졌다. 그것을 본 수행원은 어떻게 하느냐고 발을 동동 굴렀지만 간디는 자신의 나머지 한쪽 신발마저 플랫폼으로 던져 버렸다.

    수행원이 놀라 물었다.

    "나머지 신발마저 던져 버리면 어떻게 합니까?"

    그러자 간디는 이렇게 말했다.

    "한쪽 신발만 있으면 무슨 소용이 있겠소. 신발 두 개가 다 있어야 누가 줍더라도 신을 수 있지 않겠소."

    그 말을 들은 수행원은 간디의 배려하는 마음에 감동하여 진심으로 간디를 존경하게 되었다.

    우리도 미래세대에 대해 간디와 같은 배려의 마음을 가지고 하루하루 살아가자.

미래학, 인문학을 만나다

Seize the day, Carpe Diem

영화 「죽은 시인의 사회」에서 키팅 선생님은 제자들에게 이렇게 이야기한다.

"네 자신의 내부로부터 들려오는 소리를 잘 들어 보게. 그러면 들릴 것이야. 속삭이는 소리를 잡으라고. 들리는가? 오늘의 이 순간을 잡아라. 제군들. 그래서 너희 삶을 특별한 것으로 만들어라."

보다 나은 미래를 만들 수 있는 좋은 아이디어를 가진 사람은 세상에 많지만, 좋다고 생각한 아이디어를 실천하는 용기 있는 사람은 적다.

시간은 쏘아진 화살처럼 빠르게 지나간다. 원하는 미래를 만들어 나가기 위해서는 하루하루를 정말 소중히 생각해야 한다.

환경친화적으로
지속 가능한 성장

    산업혁명 이후 산업화가 진행될수록 공업은 발전하지만, 자연환경은 점점 오염되고 있다. 많은 사람들이 농촌을 떠나 공장으로, 도시로 몰려들면서 도시는 팽창하고 농촌은 사람이 급속도로 줄어들었다. 이것이 산업화, 도시화의 결과이다.

    이 과정에서 이윤만을 추구하는 기업들은 산업 폐기물을 그대로 자연에 배출하고, 이로 인한 환경오염은 다시 사람에게 큰 재앙으로 돌아왔다.

    영국은 산업화 초기, 런던 템스 강에서 물고기들이 떼죽음을 당했으며, 1952년에는 대기오염에 의한 스모그가 발생하여 4,000여 명이 사망하였다. 중국은 현재 대기, 토지, 수질 등 심각한 환경오염을 겪고 있다. 특히 랴오닝 성 선양 시의 초미세먼지 농도가 세계보건기구 기준치의 56배를 초과했다는 발표도 있었다. 일본은 2011년 동북부 지방에 일어난 대규모 지진과 쓰나미로 인해 후쿠시마 원자력 발전소의 방사능이 누출되고 있다. 브라질은 무분별한 열대 밀림 개간으로 전 세계에 기후 변화를 초래하고 있고, 이집트에 건설되는 거대한 댐도 생태계를 파괴하고 있다.

　지금까지 경제 발전에는 환경 파괴가 어쩔 수 없이 수반되었다. 하지만 이제는 이 고리를 끊어야 할 때다. 환경친화적으로 지속 성장이 가능한 해법을 찾아봐야 한다. 환경 없는 경제성장은 인간에게 무의미하다.

Keep it safe

사회의 역동성

한국직업능력개발원 오호영 연구위원이 고용패널 학술대회에서 발표한 「부모의 소득계층과 자녀의 취업 스펙」 논문을 보면 부모가 고소득층일수록 자녀가 대기업에 취업하는 확률이 높은 것으로 나타났다. 이유는 두 가지이다.

첫째, 대기업이 채용할 때 토익점수나 어학연수를 많이 본다는 점이다. 이는 비용이 많이 드는 스펙이므로 부모 소득이 높을수록 점수가 높다.

둘째, 고소득층 부모일수록 인맥과 정보력이 높아 대기업에 취업하는 데 유리하다.

이런 부와 계층의 대물림 현상은 미래에도 지속되거나 증가하게 될 것이다. 계층 간 이동이 줄어든 사회는 정체된 사회이며, 개천에서 용 나기 어려운 사회는 역동성이 없는 사회다. 양반, 노비와 같은 사라진 과거의 신분체계가 다시 살아난 사회다.

미래학, 인문학을 만나다

사회 계층 간 이동을 방해하는 요소를 지속적으로 모니터링하고 정부와 기업 그리고 개인이 사회의 역동성에 대해 고민하고 그에 맞는 정책과 전략을 세워야 한다. 사회의 역동성이 바로 우리의 미래를 만들어가는 힘이다. 각 개인의 노력만으로 충분히 신분상승이 가능한 나라가 되도록 잘 가꾸어 미래세대에게 물려주어야 한다.

미래학, 인문학을 만나다

세종의 일하는 방식

세종실록을 보면 세종대왕의 일하는 방식이 3단계로 이루어져 있음을 알 수 있다.

첫 번째 단계는 '집대성(集大成)'이다.

집대성은 '훌륭한 것을 모아서 하나의 완전(完全)한 것으로 만드는 일'이다. 과거에 어떤 일이 일어났는지 자료를 모으고 분석하여 정리하는 단계이다. 즉 과거에 성공한 사례, 실패한 사례를 조사한다.

두 번째 단계는 '창의적 해석'이다.

과거의 데이터만 모으고 끝내는 것이 아니라, 이 데이터를 가지고 새로운 시각으로 바라본다. 이를 현 상황에 맞게 재해석하여 미래를 예측하고 미래 비전을 수립한다.

세 번째 단계는 '제도화'이다.

미래 비전을 달성하기 위해 필요한 행동 하나하나를 제도화한다. 책으로 제작하거나 법전화한다.

세종이 일하는 방식은 바로 미래학에서 미래를 연구하는 자세이다.

미국의 힘

미국이 금세기 최강의 국가라는 데 이의를 제기하기는 힘들다. 그럼 미국의 힘은 어디서 오는 것인가? 200년 전으로 거슬러 올라가 보자.

로웰은 방적 사업으로 엄청난 부를 얻고 나서 로웰대학교를 설립하였다. 동서 횡단을 위한 철도 산업으로 부를 거머쥔 철도왕 밴더빌트는 미국 남부에 밴더빌트대학교를 설립하였다.

철도, 자동차의 보급으로 철강의 수요가 급증하자 엄청난 부를 쌓은 철강왕 카네기는 피츠버그에 카네기멜론대학교를 만들었다. 자동차가 대중화되면서 이번에는 석유왕 록펠러가 시카고대학교를 만들었다.

미국의 역사는 훌륭한 기업가들이 대학 등 교육기관을 설립하여 회사와 함께 서로 상생하면서 지속적인 발전을 이룬 것이다. 마이크로소프트의 빌 게이츠도 바이오 기술 분야에 엄청난 금액의 기부로 유명하다. 기업가들이 새로운 아이디어로 사업을 일으켜 부를 쌓고, 이 부를 다시 사회 교육 시스템에 재투자하여 미국 사회가 성장할 수 있었던 것이다. 이것이 바로 미국의 힘과 에너지의 원천이다.

미래세대를 위해서 우리가 해야 할 일은 기업가 정신을 널리 전파하고, 교육 시스템을 체계적으로 설계하여 많은 사람들이 양질의 교육을 받게 하는 것이다.

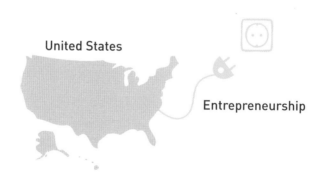

United States

Entrepreneurship

낙관주의의 덫

　윤석금 웅진그룹 회장은 2009년에 『긍정이 걸작을 만든다』라는 책을 출간하였다. 실제 윤석금 회장은 긍정의 힘으로 매출 6조 원의 대기업을 만들었다. 긍정적인 마인드가 위기를 극복할 수 있다고 강조했다. 하지만 무리한 인수에 따른 자금 압박 탓에 주요 계열사들이 워크아웃, 법정관리에 들어가게 되었다. 긍정적인 사고가 모든 문제를 해결할 수 없다는 사실을 반증하고 있다.

　가짜 약이라도 환자가 진짜 약이라고 믿으면 약효가 나타난다는 플라시보 효과(Placebo Effect), 긍정적인 생각을 하면 현실에서 이뤄진다는 끌어당김의 법칙(Law of Attraction), 믿음이 현실에서 구현된다는 피그말리온 효과(Pygmalion Effect) 등이 긍정의 힘을 강조하고 있다. 하지만 지금의 외부환경 변화 속도를 고려한다면 지나친 낙관주의를 버리고 '합리적 낙관주의'를 취해야 할 때다.

　간절한 기대와 긍정적인 마인드만으로는 성공할 수 없다. 부정적인 생각이지만 최악의 상황을 가정한 시나리오, 성공했을 경우의 시나리오 등 다양한 시나리오를 세우고 보다 나은 미래를 위해서 어떻게 행동해야 하는지 판단해야 한다. 성공하려면 '할 수 있다'는 믿음 외에도 미래 연구와 전략이 필수적이다.

　나폴레옹은 "작전을 세울 때 나는 둘도 없는 겁쟁이가 된다. 상상할 수 있는 모든 위험과 불리한 조건을 과장한다."라고 했다. 나폴레옹의 말을 다시 한번 곰곰이 생각해 봐야 할 때다.

저출산
고령화의 늪

한국은 점점 저출산 고령화의 늪에 빠지고 있다. 저출산 고령화의 늪에서 빠져나오려면 현재보다 많은 이민자가 필요하다는 연구결과가 있다.

이민정책연구원이 법무부에 제출한 보고서에 따르면 2030년에는 이민자 300만 명이 필요하다. 현재 130여만 명인 이민자를 300만 명(한국 인구의 6%)으로 늘리자는 의견이다. 그렇지 않으면 노동인구 감소, 소비 감소, 경제 위축, 경제성장 저하, 기업의 해외공장건설 등 심각한 문제가 생길 것이다. 일자리도 줄어들어 저출산이 더 심해지는 악순환이 일어난다.

미국은 고급 과학기술을 가진 핵심 인재들을 적극적으로 받아들여 세계 최강국이 되었고, 일본은 순혈주의를 고집하다 저출산 고령화와 장기불황에 빠졌다. 한국도 성장동력을 보완해줄 고급 해외인력을 유치하기 위한 인구 미래 전략을 세워야 한다. 앞으로는 이민을 오고 싶어 하는 나라에만 밝은 미래가 존재할 것이다.

크로노스

 그리스 신화의 크로노스 왕은 자식에 의해 쫓겨날 것이라는 예언을 들었다. 크로노스는 왕위를 차지한 후 폭정을 휘두를 뿐만 아니라, 자식들을 낳는 즉시 모두 집어삼켜 버린다.

크로노스가 자식을 삼켜버리는 것은 시간의 속성을 나타낸다. 즉 시간은 모든 것을 태어나게 하고, 창조하게 하는 동시에 시간이 흐르면 그것들을 죽게 하기도 한다. 하지만 많은 사람들은 눈에 보이지 않는 시간을 공짜라고 생각하며 당연히 주어지는 것으로 받아들인다.

시간이 과연 우리에게 어떤 존재인지 다시 한번 곰곰이 생각해 보자. 시간을 아껴서 잘 사용하면 우리에게 창조의 존재로 다가오지만, 허송세월하고 쓸데없이 시간을 낭비한다면 죽음만이 기다리게 될 것이다.

우리가 시간을 체계적으로 관리해 미래를 준비한다면 원하는 미래를 얻을 수 있을 것이다. 반대로 현재의 만족만을 위해서 대비도, 준비도 하지 않는다면 미래가 어떻게 될지 한번 생각해보자.

프로메테우스의 불

 거인족이면서, 미래를 내다볼 줄 알았던 프로메테우스.

프로메테우스는 '미리 알다', '먼저 생각하는 사람'이란 뜻이다.

그리스 신화의 최고의 신(神) 제우스는 프로메테우스에게 인간을 만들라고 했다. 프로메테우스는 물과 흙을 가지고 신의 형상을 본떠 인간을 만들었는데 아쉽게도 여러 가지 결점이 발견되었다.

제우스는 더 훌륭한 창조물을 만들려고 했지만, 프로메테우스는 이에 반대하고 인간에게 불을 훔쳐다 준다. 인간에게 불을 준 결과, 인간은 농사를 짓고, 화식(火食)을 하는 등 도구를 이용하여 점점 문명을 만들어 나갔다. 인간이 화식을 하면서부터 뇌의 크기가 커져서 만물의 영장이 되었다는 학설도 있다.

제우스는 이에 분노하여 독수리가 프로메테우스의 간을 쪼아 먹게 하는 형벌을 내린다. 간이 회복되면 다시 쪼아 먹게 하기를 반복했다. 인간을 위해 제우스에 도전하며 스스로 고통의 길을 간 프로메테우스,

그런 이유로 '프로메테우스의 불'이라고 하면 어떤 금기에도 굴하지 않고 불가능에 도전하는 인간 정신을 표현한다. 미래를 내다볼 줄 알았던 프로메테우스는 인간의 구원자이자 문명의 씨를 뿌린 존재이다.

제우스는 인간을 멸망시키기 위해 대홍수를 일으키기로 결심했다. 프로메테우스는 미래를 예측하고 그의 아들에게 대홍수에서 살아남는 방법을 가르쳐주며, 커다란 배를 만들도록 했다. 며칠 후 대홍수가 일어나자 프로메테우스의 아들은 배를 타고 9일 동안 항해를 했다. 홍수가 그치자 배에서 내려 제우스에게 제물을 바쳤다. 제우스는 이를 고맙게 여겨 소원을 들어주기로 했는데, 프로메테우스 아들이 그때 말한 소원이 바로 인간을 다시 만들어 달라는 것이었다. 그래서 인간은 다시 세상에 살 수 있었고 이들이 새 인류가 되었다.

프로메테우스는 미래를 예측할 수 있는 힘을 가지고도 왜 자신을 희생하면서 인간을 위해 살았을까?

인간을 위해 살아가는 게 바로 미래를 생각하고 연구하는 사람의 숙명이 아닐까 한다.

Confidence

미래학, 인문학을 만나다

나폴레옹의
자신감

유럽 대륙의 지배자로 '내 사전에는 불가능이란 단어는 없다.'라고 자부하였던 프랑스의 나폴레옹 황제.

나폴레옹은 압도적인 지지로 1804년 파리 노트르담 대성당에서 프랑스 황제의 자리에 오른다. 왕위계승의 정당성을 확보하기 위해 교황이 대관식에 참석했다. 하지만 다른 왕들처럼 교황을 찾아가지 않고 불러들였으며, 교황이 왕관을 씌워주기를 기다리지 않았다. 그는 직접 교황의 손에서 왕관을 받아 자기 손으로 머리에 얹으며 황제가 되었다.

자신감이 있는 사람은 스스로를 믿는 사람이다. 스스로를 믿기 때문에 다른 사람도 역시 그를 믿게 된다.

자신이 원하는 미래를 만들어 나갈 때도 나폴레옹처럼 할 수 있다는 자신감을 가지고 당당하게 실천해 나가자.

Stay Foolish

소크라테스의 '너 자신을 알라.'는 너무나 유명하다. 자신의 무지를 알아야 한다는 의미다. '도대체 당신이 알고 있는 것이 무엇이며, 아는 것이 맞는지 다시 한번 너 자신에게 물어보라.'는 뜻도 지닌다. 우리는 스스로 무지하다는 것을 전제로 하고, 끊임없이 대화를 주고받음으로써 진리에 도달해야 한다.

미래가 어떻게 될지 아무도 모른다. 미래는 수많은 요인의 상호작용으로 쉽게 바뀌기 때문이다. 미래 연구는 어떤 미래도 올 수 있다는 것을 바탕에 두고 시작한다. 이것으로 미래에 대한 마음을 활짝 열 수 있다.

다양한 사람들이 모여 미래에 대해 질문하고 그 대답을 받아 다시 질문하는 방식을 되풀이한다. 이 과정을 통해 안일한 지식에 안주하고 있는 사람은 자신이 미래에 관해 얼마나 무지한지 알게 된다. 나아가 대화 속에서 미래 시나리오들을 다듬으며, 알지 못했던 새로운 이머징 이슈들을 이끌어낸다.

소크라테스의 철학은 애플의 전 CEO 스티브 잡스의 스탠퍼드대 졸업 연설문에서도 잘 나타난다.

"Stay Hungry, Stay Foolish" 여기서 'Stay Foolish'가 바로 '너 자신을 알라.'와 같은 의미이다.

이데아

    고대 그리스의 대표 철학자인 플라톤은 『국가론』에서 목수가 만든 실제 책상과 목수의 마음속에 있는 책상에 대해 비교하면서 이데아를 설명한다. 목수는 가능하면 자신의 마음속에 있는 대로 책상을 만들려고 하지만, 못을 두드리는 각도와 강도는 매번 다르므로 머릿속에 있는 것과 완전히 똑같은 책상을 만들 수 없다. 비물질적이지만 완전한 개념인 책상과 물질세계에 존재하지만 불완전하게 만들어진 책상이 존재한다.

    현실에는 존재하지 않지만 완전한 개념인 책상과 같이, 이데아는 비물질적이고 경험할 수 없는 이성과 이념의 세계이다. 반면 물질세계는 경험할 수 있으며 끊임없이 변화한다.

    미래 연구도 어떻게 보면 현실에 존재하지 않는 이성의 세계인 이데아를 끊임없이 탐구하는 것이다. 미래 연구가 우수하여 아무리 좋은 시나리오를 만들더라도 우리가 다른 방향으로 행동한다면 미래는 원하지 않는 쪽으로 진행될 것이다. 우리가 원하는 미래를 만들기 위해서는 모든 구성원이 한마음 한뜻으로 노력해야 한다. 작은 행동이 모이고 모이면 이데아 사상에서 나오는 이념과 이성의 세계를 실질적으로 존재하는 물질세계로 바꿀 것이다.

종말론

Collapse & New beginning

미래학, 인문학을 만나다

종말론은 인류의 역사에서 마지막으로 일어날 사건이나 우주의 마지막에 대한 이론이다. 전 세계와 그 안에 존재하는 인간이 최후에는 파멸을 맞이한다고 믿는 견해다.

　서방교회의 지도자이자 고대 그리스도교의 가장 위대한 사상가로 일컬어지는 아우구스티누스는 종말론을 내세우고 있다. 여기서 종말론은 선과 악의 긴 싸움은 끝이 있음을 분명히 한다. 역사를 종말로 향해 가게 함으로써 역사에 목적과 의미를 제시한다.

　어떤 미래학자는 미래를 비관적으로 어둡게만 예측한다. 그 이유는 경제위기, 전염병, 바이러스, 핵폭탄, 환경오염처럼 다양하다. 하지만 역사를 뒤돌아보면 인류는 어떤 위기에서도 그 어려움을 슬기롭게 헤쳐나가고 이겨냈다.

　붕괴와 몰락 뒤에는 반드시 새로운 시작이 있다.
　어두운 그림자 옆에는 반드시 강한 빛이 존재하는 것처럼 말이다.

회의주의

르네상스기의 프랑스 철학자 몽테뉴는 그의 저서 『수상록』에서 회의주의를 이야기한다. 회의주의는 기존의 관점과 사고방식에 안주하지 않고 끊임없이 질문을 함으로써, 극단에 치우치지 않고 탐구를 지속해 나가는 것이다.

서양 근대철학의 시작점이 된 철학자 데카르트는 당연하다고 생각되는 모든 것들에 대해 철저히 의심했다. 불확실하고 의심스러운 것들을 부정했다. 그는 우리가 평소에 느끼는 감각과 생각의 불안정함을 인정했을 뿐 아니라, 우리가 느끼는 모든 것이 꿈일 수도 있다고 말했다. 끊임없이 의심을 한 결과, 만약 결코 의심할 수 없는 것을 찾아낼 수 있다면, 그것이야말로 진정한 모든 것들의 출발점이 된다.

이 출발점이 바로 "나는 생각한다, 고로 존재한다."이다. 이 문장을 이렇게도 바꿀 수 있다. "나는 의심한다, 고로 존재한다."

결코 의심할 수 없는 사실은 바로 자신이 생각하고 의심하고 있다는 사실이다. 결국, 생각하고 의심하는 나는 분명히 존재하고 있는 것이다. 이것이 바로 데카르트의 철학 제1원리다.

미래를 연구하기 위해서는 끊임없이 변화의 근본적인 원인을 의심해야 하고 지속적으로 탐구해야 한다. 우리가 미래에 대한 생각을 멈출 때, 미래세대의 행복은 점점 멀어진다.

미래관리 과정

미래는 '현재'로 만들어진다. 미래를 관리하는 가장 좋은 방법은 현재의 순간순간을 잘 관리하는 것이다. 모든 미래가 현재라는 한 가지 실체(Substance)만으로 이루어지기 때문이다. 현재의 순간을 잘 관리함으로써 원하는 미래를 만들어 나갈 수 있다. 올바른 방향으로 미래를 관리할 수 있는 8단계 과정을 정리하면 다음과 같다.

1. 미래에 대한 위기감을 사회에 고조시켜라.
2. 미래 연구팀을 구성하라.
3. 바람직한 미래 이미지를 상상해보고 미래 비전을 새롭게 정립하라.
4. 사회 구성원의 참여를 이끌어내는 의사소통을 전개하라.
5. 권한을 부여하라.
6. 단기간에 눈에 띄는 성공을 이끌어내라.
7. 미래 비전을 향한 변화 속도를 늦추지 마라.
8. 변화를 정착시켜라.

PART 05

미래학, 인문학을 만나다

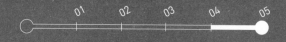

유토피아와 완벽한 직업

사람들이 꿈꾸는 이상향을 유토피아라고 부른다. 하지만 아이러니하게도 유토피아의 뜻은 '세상에 존재하지 않는 곳'이다.

사람들은 완벽한 직업을 희망한다. 완벽한 직업은 여가 시간이 많으며, 멋진 사무실과 높은 보수, 세계 곳곳을 마음껏 여행할 수 있는 자유, 누구도 간섭하지 않는 직업이라고 생각한다.

유토피아와 마찬가지로 완벽한 직업은 존재하지 않는다. 모든 직업에는 좋은 면과 나쁜 면이 공존한다. 완벽한 직업은 바로 자신의 가치관과 맞는 환경에서 나의 재능으로 내가 좋아하는 일에 나의 열정을 쏟아 붓는 것이다. 완벽한 직업을 가진 사람이 많아질수록, 우리가 원하는 미래, 유토피아를 더 빨리 만들어 낼 수 있다.

백 투 더 퓨처

　영화 「백 투 더 퓨처(Back to the future)」 2편에서는 1994년에 살고 있는 주인공이 타임머신을 타고 2015년 미래로 간다. 미래에서 '연도별 스포츠 간행물'을 구입하여 과거로 돌아가려고 한다. 스포츠 도박에서 돈을 딸 수 있으니 말이다. 이 스포츠 간행물은 내일 뉴스를 미리 알려주는 미래 신문과 같다. 미래 사회를 오늘 알 수 있다면 얼마나 동화 같을까?

　지금은 빅데이터 시대로 정보의 홍수 속에 살고 있다. 홍수가 나면 물은 많지만 마실 수 있는 깨끗한 물 한잔 구하기는 힘들다. 이처럼 정보는 많지만 좋은 정보는 구하기 어렵다.

　트렌드 분석, 미래 예측 등 정보는 많지만 미래의 완벽한 정보는 없다. 미래에 대하여 완벽한 정보를 가진다는 것은 현실적으로 불가능하다. 완벽한 정보를 가지고 있다는 착각 하에 미래 시나리오를 작성하면 이것이 오히려 족쇄가 되어 리스크로 다가온다. 하지만 아이러니하게도 미래의 불확실성에서 야기될 수 있는 리스크를 제거하는 데 필요한 것도 정보와 지식이다.

  양질의 정보와 지식이 미래에 대한 의사결정에 가장 중요한 역할을 한다. 미래 연구에서 양질의 정보 확보는 정말 중요하다. 이를 바탕으로 다양한 미래를 예측해야 한다.

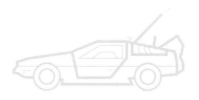

Back to the future

Faster

More

Easier

미래학, 인문학을 만나다

빨리, 많이, 쉽게

요즘같이 급변하는 환경에서는 '얼마나 빨리, 얼마나 많이, 얼마나 쉽게'가 중요하다. 하지만 이것을 통해서 우리가 얻는 것은 무엇인가?

컴퓨터, 자동화, 로봇, 고속철 등의 기술 발전으로 시간을 절약하고 생산성을 높여 진정으로 우리가 하고 싶은 일을 할 수 있을 만큼 시간을 벌었을까? 효율을 높인다고 해서 과연 우리가 원하는 것을 얻고 있는지 자문해 보자. 기술이 빨리 변할수록 사람들은 그것을 따라잡기 위해 시간을 더욱더 소비한다. 사람과 컴퓨터 중 누가 누구한테 시중을 드는지 헷갈릴 때도 있다.

'다가오는 미래 사회에서도 정말 빠를수록, 많을수록, 쉬울수록 더 좋은 것인가?' 우리 내면의 소리를 가만히 들어보아야 할 때다.

혼자만의 시간+공유의 시간

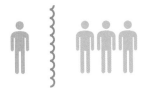

여러 사람이 모여 회의할 때, 타인의 생각과 유사한 아이디어를 제안하거나 리더의 의견에 대해 자신의 견해를 말하지 않고 따르는 '강화 현상'이 종종 나타난다. 리더가 주장하는 방향으로 편향적인 결과가 도출될 수도 있다.

이를 방지하기 위해 회의하기 전, 참가자 개개인에게 혼자 생각할 시간을 주는 것이 바람직하다.

참가자들에게 개별적으로 주제에 대해 생각할 시간을 준다면, 아이디어들이 양적으로뿐만 아니라 질적으로도 우수하게 나올 것이다. 창의적인 아이디어는 '혼자만의 시간'과 '공유의 시간'이 더해졌을 때 나온다.

미래를 바라보는 시각은 대부분 자신의 경험과 지식에 한정될 수 있다. 그러나 다양한 분야의 사람들이 모여 서로 다른 경험과 지식을 공유할 때, 미처 생각지 못한 미래 사회의 참신한 아이디어가 나오게 된다.

미래학, 인문학을 만나다

모럴 헤저드

영화 「로그 트레이더」에서 한 주식 중개인의 모럴 헤저드(Moral Hazard) 때문에 거대한 은행이 파산한다.

모럴 헤저드는 상황 변화에 따라 자기 이익만 추구함으로써 다른 사람이나 사회에 피해를 주는 것으로, 일종의 기회주의적 행동이다. 금융시장에서 모럴 헤저드는 도덕 불감증으로 수많은 금융위기를 초래했다. 대기업의 규모만 보고 절대 망하지 않는다고 믿고 리스크 관리 없이 대출규모를 늘리는 것이 전형적인 예이다.

영화처럼 성장에 대한 탐욕으로 끝없이 돈을 좇는 우리에게는 몰락과 파멸만이 기다리고 있다.

모럴 헤저드는 미래학에서 가장 연구해 보아야 할 분야이다. 미래는 바로 사람이 만들어 나가기 때문이다.

근자감

　찰스 다윈은 "지식보다는 무지가 자신감을 더 자주 불러일으킨다." 고 했다.

　자신의 능력에 비해 지나친 자신감은 일에 능숙할 때가 아니라 미숙할 때 나오는 편이다. 어떤 경우에는 이유 없이 자신감만 철철 넘치는 기현상이 펼쳐진다. 이를 근거 없는 자신감, '근자감'이라고 한다. 근자감을 줄이는 방법은 미숙한 사람들을 숙련되도록 가르치는 것이다. 일에 대한 능숙함은 자신감 착각을 떨쳐버리는 데 도움이 된다. 자신의 한계를 알려면 자기 분야에 전문가가 되어야 한다.

　미래 탐색을 위해서는 무엇이 중요한지를 먼저 판단한다. 미래 사회에서 무엇을 중점적으로 탐색해야 하는지, 어떻게 봐야 하는지 정한다.
　정말 중요한 것은 사람의 기억이 놀라울 정도로 부정확하다는 사실을 인지하고 자기 생각과 프레임에 너무 빠져들지 말아야 한다는 점이다.
　적어도 미래에 대해서는 근자감을 버려야 한다.

미래학, 인문학을 만나다

해석수준이론

　먼 미래의 관점으로 심리적 거리가 멀어지면 추상적 개념을 중시하고, 가까운 미래의 관점으로 심리적 거리가 짧아지면 구체적 내용을 중시하는 것이 해석수준이론(Construal Level Theory)이다.

　이스라엘 텔아비브대학교 '야엘 스테인 하트' 연구팀은 발기부전 환자 38명을 대상으로 실험을 진행하였다. 발기부전 치료제 신약을 제시하면서 심장발작 등 부작용의 가능성을 알려 주고 한 그룹에는 곧 출시한다고 이야기하고 다른 그룹에는 내년에 출시한다고 하였다. 이 두 그룹을 대상으로 신약의 신뢰감과 부작용에 대해 설문조사를 한 결과, 신뢰감 부분에서는 '내년에 출시한다.'고 들은 그룹이 높았고, 부작용 부분에서는 '곧 출시한다.'고 들은 그룹이 높았다.

　이처럼 가까운 미래는 관심이 많지만, 먼 미래는 추상적으로만 생각하고 구체적으로 연구하려 하지 않는다. 가까운 미래는 예측할 수 있지만, 먼 미래는 예측하기가 너무 힘들다. 정작 우리에게 중요한 미래는 20년 이상 뒤인 '먼 미래'이다. 이를 직시하고 단기적인 시각보다는 장기적으로 볼 수 있는 시각과 관점을 가져야겠다.

인문학적
성찰이 있는 미래

우리는 건강한 삶을 위한 행복한 미래의 의미를 되짚어볼 필요가 있다. 우리의 삶과 미래는 따로 떨어져서는 완성할 수 없는 불가분의 관계이다. 건강한 삶을 위해서는 행복한 미래에 대한 고민이 반드시 필요하다.

만약 10년 전 과거로 돌아갈 수 있다면, 자신에게 할 말이 많이 있을 것이다. '앞으로 10년 후 자신이 그토록 돌아가고 싶은 날이 만약 오늘이라면'이라는 가정도 할 수 있다. 한번 생각해 보자.

"10년 후의 나는 현재의 나에게 과연 무슨 말을 할까?"

10년 후의 나의 모습을 떠올리면 현재의 삶이 더욱 진하고 달콤하게 느껴진다.

미래가 어떻게 전개될지 아무도 모른다. 그러나 미래의 시점에서 젊고 어리며 꿈이 있는 현재의 모습을 상상해보는 것은 지금의 삶을 더 각별하게 만든다. 삶은 함부로 낭비할 수 없는 소중한 것이라고 느낄 수 있다. 살아 숨 쉬는 모든 순간을 감사하게 된다.

　지혜로운 사람에게는 삶 전체가 미래에 대한 준비다. 미래를 이해하고 받아들이는 것은 삶을 긍정해 나 자신을 되찾게 한다.

어제 신문

　현재 트렌드(Trend)를 분석하고 연구하는 것은 어제 신문을 보는 일과 마찬가지다.

　트렌드는 이미 과거이고 이머징 이슈(Emerging Issue)가 바로 현재와 미래를 연결하는 열쇠이다. 이머징 이슈 안에 미래 트렌드가 존재한다. 현재의 주류 트렌드를 뒤쫓아서는 미래의 모습을 그려 볼 수 없다. 따라서 잘 알려지지 않은 새로운 미래 트렌드를 탐색하는 데 더 관심을 가져야 한다.

　미래 트렌드를 찾는 데 중요한 실마리가 되는 것이 바로 이머징 이슈다. 이머징 이슈는 아직 잘 드러나지 않으며, 불확실성이 높은 '미래 트렌드의 씨앗'이다. 경영학에서 논의되는 약한 신호(Weak Signal)나 조기경보(Early Warning Signal)와 같다. 감지가 쉽지 않고 향후 불확실성이 존재하는 초기 단계의 현상이다.

　시간이 흐르면서 대중에게 더 많이 감지되고 성장 모멘텀을 갖게 되면서 하나의 트렌드로 발전한다. 트렌드가 더 강해지면 궁극적으로 전

사회를 관통하는 '메가 트렌드'가 된다.

　이머징 이슈는 감지가 쉽지 않기 때문에 미래학자 짐 데이터 박사는
이머징 이슈를 이렇게 말하곤 했다.

　"이머징 이슈를 처음 듣는 사람이 '이거는 말도 안 된다'라며 어이없
어 하는 것이 오히려 이머징 이슈가 될 확률이 높다."

Trend & Emerging Issues

미래 철학

최근 경영환경은 급속하게 변하고 있다. 시장은 정체되거나 축소되기 일쑤고, 각종 규제로 인하여 영업, 마케팅 활동 영역이 제한되기도 한다.

갈대처럼 흔들리는 '고객 선호도 변화', 즉 고객의 마음에 대해서도 기업은 실시간으로 대응하지 못한다.

이제는 경쟁사와의 싸움이 문제가 아니다. 미래와의 싸움이다. 미래의 의미, 바람직한 미래 이미지, 우리의 미래 모습을 내포한 미래 철학이 앞으로 점점 중요해진다.

사회 전반적으로 너무나 당연하고 명확하다고 생각해 온 것에 의문을 제기하는 비판적 사유가 미래 철학의 핵심이다.

미래는 철학하는 자의 몫이다.

미래학, 인문학을 만나다

Great Future

훌륭한 직장은 훌륭한 동료를 말한다.

훌륭한 직장은 자부심을 주는 훌륭한 동료들, 자신의 능력을 최대한 이끌어주는 동료들이 있는 곳이다.

'Great workplace is stunning colleagues.'

훌륭한 미래는 아름다운 사람들을 말한다.

훌륭한 미래는 서로 도와가며 상대방을 배려하고 아끼는 아름다운 사람들이 있는 곳이다.

'Great future is beautiful people.'

럭비공

럭비공에는 두 개의 뾰족한 꼭짓점이 있다. 이 꼭짓점 때문에 럭비공은 떨어지면 어디로 튈지 알 수 없다. 럭비공의 꼭짓점은 불확실성을 나타낸다. 미래는 럭비공과 같다. 도대체 어디로 미래가 향하게 될지 알 수 없다. 이런 불확실성이 점점 커지는 미래 사회를 제대로 예측하기는 당연히 쉽지 않다.

미래가 어떻게 흘러갈지 한 치 앞을 예측하기 어려운데도 많은 미래학자들이 미래를 예측하는 방법을 개발하려고 시도해 왔다. 그럼에도 완벽한 미래 예측 방법은 개발할 수 없었다.

사실 다양한 미래 예측 방법이 나와 있지만, 미래학자들의 결론은 '미래는 정확히 예측할 수 없다'는 쪽으로 기울고 있다. 미래학을 'Future Study'라 하지 않고 'Futures Studies'라 하는 이유다. 미래는 한 가지 미래가 있는 것이 아니므로 여러 가지 미래 시나리오들을 생각해 보고 원하는 미래를 선정하여 그 미래를 함께 만들어 나가야 한다.

미래의 변화 추이는 마치 물속에 잉크 한 방울을 떨어뜨렸을 때와 같이 자유롭고, 방향성도 예측하기 힘든 소위 '브라운 운동'과 흡사하다. 미래는 정형화된 방법론으로 설명하거나 예측하기 어렵다. 만약 미래 사회에 대해 제대로 예측하는 모델을 개발할 수 있다면, 그 미래학자는 벌써 대단한 부자가 되었을 것이다.

쏠림 현상

    대한민국의 면적은 세계 109위이지만 인구수로는 세계 25위이다. 좁은 면적에 인구밀도가 높은 우리나라는 한쪽으로 편중되는 쏠림현상이 심하다.

    유행에 민감하고, 개개인의 개성과 가치관보다는 다수의 의견을 중시한다. 경제 분야에서 쏠림현상은 주식, 부동산 가격의 폭등으로 거품현상을 낳기도 하며, 반대로 가격폭락을 야기하기도 한다. 한마디로 소수의 의견과 취향은 다수의 의견과 목소리에 끌려다니게 된다.

    일본의 철학자 우치다 타츠루는 "우리는 늘 어떤 시대, 어떤 지역, 어떤 사회 집단에 속해 있으며, 그 조건이 우리의 견해나 느끼고 생각하는 방식을 기본적으로 결정한다."라고 말했다.

    만약 미래 연구가 한쪽으로 쏠리게 되면, 수많은 오류와 허점을 발생시켜 잘못된 방향으로 우리를 이끌 수 있다. 미래로 갈수록 불확실성은 점점 커진다는 사실을 인지하며 여러 가지 가능성을 열어두고 시나리오를 세부적으로 만들어야 다양한 미래를 대비할 수 있다.

미래학, 인문학을 만나다

리더의 특징

리더는 무리 중 가장 능력이 뛰어난 사람이 아니다.

그럼 어떤 사람이 리더가 되는 것일까? 답은 간단하다. 특정 문제와 주제에 대해 가장 먼저 말하는 사람이 리더가 되는 경우가 많다. 답변이 맞는지 틀리는지는 중요하지 않다. 단호하게 먼저 의견을 제시하는 것이 필요하다.

집단의 리더십은 대부분 자신감에 의해 결정된다. 남보다 능력이 뛰어나지 않더라도 의견이나 아이디어를 먼저, 그리고 자주 제안한다면 다른 사람들은 그를 리더로 받아들일 것이다. 하지만 자신감만 있고 능력이 없으면 리더의 자리에 오래 있을 수 없다. 여기서 자신감은 '근거 없는 자신감'이 아니라 '근거 있는 자신감'이다.

미래 여행자도 마찬가지이다. 최고의 미래 여행자가 되려면 미래 사회가 어떻게 변하고 있으며 우리는 어떻게 대처해야 하는지 미래에 대한 자신감과 함께 여러 사람을 동기부여 시킬 수 있는 능력을 갖추어야 한다.

미래 연구의
다양성

개인화와 개성을 앞세운 시대의 흐름과 새로운 미래세대의 등장으로 사람들은 더 이상 획일화된 사회에 침묵하지 않는다. 국가, 기관에서 개인 중심으로 사회가 변하고 있다. 사회는 개인의 의견을 무시하지 못한다. 개인의 생각 속에 수많은 기회가 숨어 있기 때문이다. 따라서 다양한 사람이 미래 연구에 참여해야 한다.

온라인과 오프라인의 경계가 허물어지는 것처럼 국가와 사회 그리고 개인의 경계도 점점 희미해지고 있다. 오늘날 우리가 당면한 문제들은 점점 예측하기 힘든 토네이도처럼 경로를 이탈하며 다가오고 있다.

미래에는 혼자 맞서는 것보다 함께 힘을 합치는 것이 문제를 해결할 수 있는 가장 빠르고 스마트한 방법이다. 무엇보다 다양성, 인간관계, 네트워크 등 모든 것이 서로 연결되어 소통하는 초연결 시대에 혼자 힘으로, 독불장군처럼 자기만이 최고라는 생각으로는 미래를 연구하기 어려워졌다.

점점 다양해지고 미묘해지는 사람들의 니즈를 만족시키려면 다양한 협력과 소통 그리고 참여를 통해 새로운 가치와 미래 비전을 빠른 시간 안에 제공해야 한다.

물론 다른 특성을 가진 개인들이 각자의 색을 조화롭게 섞기란 쉬운 일은 아니다. 다양성을 반영한 성공적인 미래 연구가 되기 위해서는 구성원끼리의 협력과 지속적인 소통이 필수적이다.

Diversity

제갈공명과
크라우드 소싱

    미래 연구에서는 전문가를 상대로 의견을 묻는 델파이 방법을 주로 사용했다. 비전문가들이 지속적으로 미래에 대한 의견을 낼 수 있는 커뮤니케이션 채널은 많지 않았다.

    『삼국지』에서 유비는 제갈공명이라는 한 명의 인재를 얻기 위해 그의 집에 세 번 찾아간다. 미래의 전략과 시나리오를 얻기 위해서였다. 하지만 21세기 초연결 시대에는 아무리 제갈공명이라 해도 혼자만의 미래 전략으로는 전 세계를 상대할 수 없다. 다양성이 넘치는 현대사회에서 단 한 명의 뛰어난 전문가가 모든 문제의 정답을 찾을 수 없다. 이제는 한 사람의 리더보다는 플랫폼을 통해 수천 명의 아이디어를 모으는 것이 더 효과적이다. 기업이 크라우드 소싱, 오픈 이노베이션을 추진하는 이유가 여기에 있다.

    소통을 위한 매개체로 플랫폼을 완성하기 위해서 가장 중요한 것은 다양한 구성원들의 참여다. 이것을 이끌어내는 동기부여가 가장 중요하다. 미래 연구의 플랫폼이 게임이나 축제와 같이 재미있고, 개인마다 참여하는 데 의미를 부여할 수 있어야 한다. 플랫폼은 미래 연구자와 참여자의 경계를 지우고, 그저 한데 모일 것을 제안한다. 모이면 세력이 커지고, 다양한 아이디어가 도출되며, 새로운 미래가 보인다. 다양한 구성원들이 참여하는 플랫폼은 미래 연구자들에게 새로운 기회가 될 것이다.

창의성의 비밀

"창의성의 비밀은 그 창의성의 원천을 숨기는 방법을 아는
데 있다."

— 알베르트 아인슈타인

　미래 연구는 여러 사람의 생각을 재료로 해서 만든 것이지, 한 사람
만의 독창적인 아이디어는 아니다.

　현재 우리에게 일어나는 일들은 조상들 가운데 누군가가 꿈꾸고 상
상했던 것이다. 마찬가지로 미래세대에 일어날 일들은 현재 살아있는
어떤 사람이 꿈꾸고 상상한 것이다.

　'더 멀리 바라보기 위해 거인들의 어깨에 올라서야 한다.'는 말처럼
결코 무에서 유를 창조할 수 없다.

　모든 미래 연구는 거인들의 어깨에 올라 기존의 것을 새롭게 바라보
며 창의적으로 상상하는 것부터 시작한다.

애매함

우리 삶 속에는 항상 정답이 없는 '애매함'이 존재한다. 우리가 맞닥 뜨리는 문제들은 잘 구조화되어 있지 않고 여러 가지 인자로 연결된 복잡한 문제가 대부분이다. 누구도 쉽게 정의 내릴 수 없는 것들이다.

우리의 주관적인 생각, 사적인 판단, 경험, 선입견, 편견 등이 사람 들의 마음을 조정한다. 애매함으로 가득 찬 안개에 쌓인 미래에 뚜렷 한 질서를 부여하는 것이 미래 프레임의 역할이다.

미래 프레임은 미래를 바라보는 눈이며, 현재와 미래를 연결해주는 다리이다.

지속성장(Continued Growth), 정체(A Disciplined Society), 변형(A Transformational Society), 붕괴 그리고 새로운 시작(Collapse & New beginning)와 같은 다양한 프레임으로 미래 시나리오를 만들 수 있다. 이를 바탕으로 기회요인과 위협요인을 분석하여 전략을 수립하며 원 하는 미래를 함께 만들어 나가야 한다.

과거

하버드 의대 조지 베일런트 교수는 이렇게 말했다.

"애벌레가 나비가 되고 나면, 자신은 처음부터 작은 나비였다고 주장하게 된다. 성숙의 과정이 모두를 거짓말쟁이로 만들어 버리는 것이다."

흔히들 10대를 보고 '우리 땐 안 그랬는데'라는 말을 자주 한다. 하지만 오랜 친구들에게 물어보면 자신도 지금의 10대들과 비슷했었다는 것을 알 수 있다. 다른 사람의 의견과 데이터를 검증하지 않고 과거를 판단해선 안 된다. 미래를 연구할 때도 과거에 대한 비판적 시각을 철저하게 가져야 한다.

현재 가지고 있는 프레임은 과거에 대한 이해뿐 아니라 미래 연구 과정에도 막강한 힘을 발휘한다. 현재 존재하지 않는 것들이 미래에 새로 생길 것이라고 상상하기 어렵고, 현재 존재하는 것들이 미래에는 사라질 것이라고 상상하기도 어렵다. 미래 연구도 현재 프레임에서 크게 벗어나지 못할 수 있다.

효과적으로 미래를 연구하기 위해서는 현재 프레임을 과감히 벗어던지고, 새로운 프레임을 지속적으로 사용하며 다양한 미래를 연구하는 것이 중요하다.

📷 프레임 효과

　2006년 AP 설문조사에서 훌륭한 영웅 1위로 조지 부시 미국 대통령이 뽑혔고, 악랄한 악인 1위도 조지 부시 미국 대통령이 뽑혔다. 같은 사람인데도 프레임을 영웅으로 보느냐, 악인으로 보느냐에 따라 다르게 판단할 수 있다는 사실을 보여준다.

　영웅의 프레임으로 보면 장점 위주로 판단하게 되고, 악인의 프레임으로 보면 단점이 부각된다. 어떤 프레임을 설정하느냐에 따라 기업의 미래, 국가의 운명, 그리고 자신의 삶이 달라진다. 이것이 바로 프레임 효과이다.

　미래 연구에서도 프레임 효과가 그대로 적용된다.

　미래 연구를 할 때 반드시 던져야 할 질문은 '미래 시나리오가 프레임 때문에 나도 모르게 만들어졌는가?'이다.

　어떤 프레임으로 미래를 바라보더라도 똑같은 시나리오를 만들 수 있다면 바로 이 시나리오가 가장 정확한 미래 이미지가 될 것이다. 미래 연구가 틀리게 진행된다면 자신의 능력을 탓하기보다는 '어떤 프레임으로 미래를 바라보았는지'부터 살펴보는 지혜가 필요하다.

미래학, 인문학을 만나다

시간 프레임

몇 년 전에 가족들과 해외여행을 다녀온 적이 있다. 여행 경비가 생각보다 많이 들었다. 경비를 한 달 월급과 비교하면 못 갈 정도였고, 1년 수입과 비교해도 부담스러웠다. 하지만 시간 프레임을 평생으로 확장했을 때, '평생 이런 여행은 하기 어려울 것 같다.'는 생각이 들었다. 이런 생각이 든 순간, 돈의 부담이 확 줄어들었다.

미래 연구도 다수의 시간 프레임으로 접근할 필요가 있다. 1년, 2년, 5년, 10년, 15년, 20년, 30년의 프레임들을 가지고 미래를 탐색한다면, 다양한 각도로 미래 사회를 볼 수 있다.

리프레이밍

우리가 현재 가지고 있는 프레임은 쉽게 바뀌지 않는다. 하지만 미래를 연구하기 위해서는 현재의 프레임을 지속적으로 바꾸어 보는 '리프레이밍(Reframing)' 과정이 필수다.

한번 가지게 된 프레임에서 벗어나기 위해서는 부단한 노력이 요구된다. 리프레이밍이 미래 연구자의 당연한 역량이 되도록 리프레이밍 과정을 끊임없이 반복한다. 규칙적인 운동을 통해 체력을 강화하듯이, 미래를 바라보는 관점에 대한 지속적인 리프레이밍을 통해 새로운 프레임을 계속 만들어 나가자. 이를 위해서는 자기중심적인 현재의 프레임을 당당히 깨고 나오는 용기와 지혜 그리고 상상력이 필요하다.

무소의 뿔

큰 소리에 놀라지 않는 사자와 같이
그물에 걸리지 않은 바람과 같이
흙탕물에 더럽혀지지 않는 연꽃과 같이
무소의 뿔처럼 혼자서 가라.
　　　　　　　－ 불교경전 『숫타니파타』 중에서

이 시구는 미래 여행자들의 마음을 대변하고 있다.

일어나지 않는 일, 미래를 이야기하기는 쉽지 않다. 하지만 가는 길
이 아무리 어렵다고 하더라도 미래세대를 위해 꿋꿋이 이겨내며 미래
연구를 수행해야 한다.

델파이
조사방법의 단점

전문가별로 싫어하는 말이 있다.
산부인과 의사는 '무자식이 상팔자'
성형외과 의사는 '생긴 대로 살자'
한의사는 '밥이 보약'
여행전문가는 '집 나가면 고생'

미래 연구방법 중에 '델파이 조사방법'이 있다.

델파이 조사방법은 미래를 예측하는 질적 예측 방법의 하나로, 여러 전문가의 의견을 되풀이해 모으고, 교환하고, 발전시켜 미래를 예측하는 방법이다. 1984년 미국 랜드연구소에서 개발되어 군사, 교육, 연구개발, 정보처리 등 여러 분야에서 사용되었으며 다양한 분야의 미래 예측에도 이용되고 있다.

델파이 조사방법은 전문가에게 설문조사 형태로 미래가 어떻게 전개될지 묻는다. 하지만 전문가들도 자신의 이해관계가 상충될 때는 자신의 이익을 위해 사실과 전혀 다른 의견을 낼 수도 있다.

미래학, 인문학을 만나다

'전문가의 의견이 항상 옳다.'는 맹신은 버려야 한다.

전문가의 의견은 항상 옳다 ???

이혼율이
증가하는 이유

우리나라의 이혼율은 점점 증가하더니, OECD 국가 중에서도 상위권을 차지하고 있다. 결혼 후에 많은 사람이 이혼하거나, 하려고 한다는 것은 결혼에 대한 기대감이 충족되지 못한다는 사실을 간접적으로 나타낸다.

'왜 사람들의 결혼 생활에 대한 기대치가 실제 결혼 생활의 만족감보다 평균적으로 높게 형성되는 것일까?'

이 질문에 대한 답은 바로 '과장된 정보'와 '과장된 기대치'이다.

결혼을 결정할 때 상대방이 과장된 정보를 제공함으로써 잘못 결정하게 된다는 것이다. 예를 들어 남자들이 학력을 위조하거나, 부자인 것처럼 행동하거나, 자신이 만든 회사가 엄청난 수익을 낸다고 말하는 것 같은 과장된 정보는 결혼할 상대방이 결정을 잘못 내릴 중요한 요소들이다. 자신의 약점보다는 장점을 과장해서 말한다.

미래를 연구할 때도 집단의 이해관계로 인한 과장된 정보와 기대치로 예측에 오류가 발생한다. 이런 정보들을 걸러낼 수 있는 거시적인 미래 안목이 필요하다.

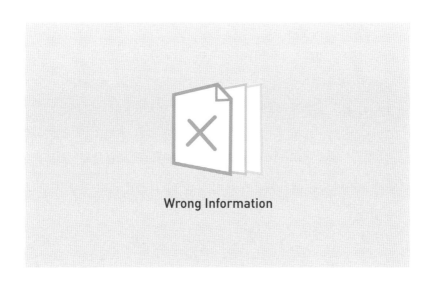

누락된 정보

미래 프레임은 미래를 이해하고 판단하는 데 기준이 되는 사고의 틀로 미래 연구의 가이드 역할을 한다. 미래 프레임에 따라 우리는 미래에 대한 정보를 조합하여 시나리오를 머릿속으로 재구성한다.

미래에 대한 해석에는 특정 관점의 선택과 강조, 배제와 축소, 경험에 의한 선입견 등 주관이 개입하게 된다. 따라서 절대적인 미래 시나리오는 존재할 수 없다.

미래 연구를 정확히 이해하려면 선택, 강조된 정보 외에 축소, 배제된 것들도 생각해 보아야 한다. 다수가 선택한 생각도 중요하지만, 그 대신에 배제된 소수의 생각, 의견, 프레임도 역시 간과할 수는 없다.

미래를 연구할 때 어떤 프레임을 쓰느냐에 따라 전혀 다른 미래 시나리오를 구성할 수 있다. 누락된 정보가 무엇인지 정확하게 파악하고 다양한 프레임으로 생각한다면 우리는 좀 더 완성된 미래 연구에 다가가게 된다.

미래학, 인문학을 만나다

무한대의 프레임

역사가 기억에, 철학이 이성에 의지할 때, 미래 연구는 상상을 바탕으로 전개된다.

다양한 프레임을 가지고 미래를 보아야 한다. 만약 한 프레임만 고수한다면 미래는 한쪽으로 쏠려 왜곡된다.

이런 질문을 할 수도 있다.

'다양한 프레임을 가지더라도 무한대의 프레임이 아니라면 한계가 있지 않을까?'

물론 한계가 있다. 차라리 프레임을 아예 갖지 않고 목적 없이 미래를 연구할 수도 있다. 하지만 목적의식은 인식의 가장 기본이기 때문에 쉽게 제거하기 어렵다. 이전의 경험을 바탕으로 사건을 인식하며 우리가 보는 것들에 대해 이해해 나간다.

프레임을 사용하는 것은 제로섬 게임과 같다. 하나의 프레임을 가지고 미래를 보면 정 반대의 프레임에는 당연히 주의를 덜 기울이게 된다. 이 점을 항상 고려하여 미래를 바라보자.

불확실성은
항상 증가한다

'나비효과'는 아마존에서 나비가 한번 펄럭거리면 멕시코 만에 허리케인이 발생한다는 이론이다. 조그마한, 아주 작은 변화도 커다란 폭풍을 일으킬 수 있다.

불확실성이 꼭 나쁜 것은 아니다. 불확실성은 어떨 때는 기회로, 또 어떨 때는 위협으로 다가온다. 불확실성이란 어떤 변수가 가질 수 있는 모든 경우의 확률이 동일해서 성공할지 실패할지 예측이 불가능한 상태이다. 무슨 일이 어떻게 벌어질지 예측이 불투명하므로 대책 자체를 마련할 수 없거나 실효성 있는 수준의 대책 마련이 어렵다. 미래학자가 '미래에 이럴 수도 있고, 저럴 수도 있다.'고 말할 때 미래를 가장 불확실하게 예측하는 것이다.

불확실성은 회피하거나 도망가더라도 사라지지 않는다. 그렇다고 무시할 수도 없다. 불확실성은 미래 여행자가 살아가는 동안 영원히 같이 지낼 수밖에 없는 친구인 셈이다.

미래학, 인문학을 만나다

Storytelling about futures

미래 연구는 미래를 정확하게 예측하는 것이 아니다. 미래의 불확실성을 인정하고 다양한 미래 시나리오를 검토한 후, 비전을 수립하여 함께 만들어 나가는 것이다. 또한, 구체적인 숫자가 아니라 미래의 상황과 환경, 모습을 스토리텔링 형태로 이야기하여 미래의 모습을 생생히 느끼게 함으로써 다양한 사람들이 보다 나은 미래를 만드는 데 동참하도록 유도한다.

메칼프의 법칙

    통신망 사용자에 대한 효용성을 나타내는 '망의 가치'는 대체로 사용자 수의 제곱에 비례한다. 이것을 '메칼프의 법칙(Metcalfe's Law)'이라 하며, 미국의 네트워크 장비 업체 '3COM'의 설립자인 밥 메칼프가 주창했다. 네트워크에 일정 수 이상의 사용자가 모이면 그 가치가 폭발적으로 늘어난다는 뜻이다. 상호작용의 크기는 플레이어의 규모가 클수록, 플레이어의 수가 많을수록 크다.

    현재 사회 환경에서도 다양한 플레이어가 새로 생기고 플레이어의 수와 규모, 지식의 양과 질, 커뮤니케이션의 규모가 점점 커지면서 상호작용도 폭발적으로 증가하고 있다.

    결과적으로 불확실성이 무한대로 증가하고 있는 것이다.

    영화 「쥬라기 공원」에서 말콤 박사가 카오스 이론을 설명할 때 손에 물방울을 떨어뜨리며 "이 물방울이 손에서 어떻게 흘러내려 갈지 아무도 알 수 없다. 손 위에 있는 작은 먼지 하나가 물방울의 방향을 완전히 바꿀 수도 있기 때문이다."라고 말했다.

손에 작은 먼지가 수천 개 있는 것처럼 미래에도 불확실성이 수천 개, 수만 개가 존재한다.

시나리오

　시나리오는 영화를 만들기 위하여 장면이나 그 순서, 배우의 행동이나 대사를 상세하게 표현하여 쓴 각본이다.

　하지만 미래학에서 미래 시나리오는 미래에 어떤 일이 일어나고 그 일이 발생하면 어떻게 될 것인가를 작성하여 미리 그것에 대비하기 위한 방법이다. 미래 시나리오 안에 미래에 발생할 수 있는 모든 가능성을 이야기한다. 예측처럼 정확한 수치를 제공하지는 않지만, 전체적인 흐름을 알 수 있어 그에 따른 준비를 할 수 있다.

　영화에서 사용하는 용어로도 쓰이지만, 미래 연구에서 시나리오는 불확실성이 점점 증가하고 있는 미래 환경에서 중장기 계획을 세우는 데 가장 효과적인 방법이다.

　미래에 대한 다양한 시나리오를 수립하게 된다면, 예기치 못한 상황에 대비할 수 있으며, 지속적인 모니터링을 통해 미래 전략을 다시 한 번 치밀하게 재조정할 수 있다. 즉 지금 가고 있는 길이 올바른 방향인지 아닌지 알 수 있다.

미래학, 인문학을 만나다

習 익힐 습

'익힐 습(習)'자에서 '흰 백(白)'을 '일백 백(百)'으로 바꾸면 '날개(羽)를 백번 움직여봐야 익히게 된다.'는 의미가 된다.

'익힐 습'에 '얻을 득'을 붙이면 '습득(習得)'이다. 습득은 학문이나 기술 따위를 배워서 자기 것으로 하는 것이다.

하지만 이상하게도 '학득(學得)'이라는 말은 없다. 이론적으로만 배우면 자기 것이 될 수 없다는 뜻이다.

미래를 연구할 때도 컴퓨터를 사용하며, 머릿속으로 생각만 하고 있는 건 아닌지 걱정이 된다. 다양한 사람을 만나봐야 한다.

미래 연구의 완성은 지속적인 행동을 통한 제도화다. 이것은 한 사람의 힘으로 이룰 수 없다. 다양한 사람들이 동참해야 한다. 많은 사람들의 행동이 모이고 모이면 큰 방향을 만들어 미래를 바꿀 수 있다.

✿ 우연 혹은 필연

'30대 주부 이영희는 백화점으로 쇼핑을 가는데 갑자기 비가 와 우산을 가지러 다시 집에 들어간다. 우산을 들고 나오려는데 휴대전화가 울린다. 전화를 받느라 5분 지체된다. 대학생 홍길동은 대학교에서 발표할 프레젠테이션 리허설을 하고 있다. 그러는 동안 이영희는 전화를 끊고 밖으로 택시를 잡으러 나온다. 택시 운전사는 무단횡단하는 사람을 피하기 위해 잠시 멈춘다. 쇼핑하러 나온 주부 이영희는 무단횡단하는 사람 때문에 잠시 멈춘 택시를 탄다. 그렇지 않으면 그전에 지나간 택시를 탔었을 것이다.

택시는 또 길을 건너는 회사원 김 과장 때문에 멈춘다. 김 과장은 직장에 평소보다 10분 늦었다. 알람을 맞춘 휴대전화를 충전하지 않아 꺼져버린 것이다. 홍길동은 발표 리허설을 끝내고 친구들과 커피 한잔을 마신다. 홍길동이 커피를 마시는 동안 택시는 사거리 신호등에서 초보운전인 앞차로 인하여 멈춘다. 홍길동은 학교 정문을 나오다가 신발 끈이 풀어진 것을 보게 되었다. 신발 끈을 묶는데 횡단보도 신호

미래학, 인문학을 만나다

등이 곧 빨간불로 바뀔 것 같아서 막 뛰어가다 사거리에서 출발한 택시에 치여 다리가 부러지게 된다.'

신발 끈이 풀어지지 않았다면, 초보운전 자동차가 다른 길에서 운행했으면, 회사원 김 과장이 알람을 맞춘 휴대전화를 잘 충전했다면, 30대 주부 이영희에게 전화가 걸려오지 않았다면, 위 상황 중 하나만이라도 다르게 진행되었다면, 대학생 홍길동은 길을 무사히 건넜을 것이고 택시는 무심히 지나갔을 것이다. 그러나 인생은 우리가 통제할 수 없는 일련의 우연한 사건과 사람들과의 수많은 관계에서 발생하게 된다.

이런 현상은 우연인가 아니면 필연적 귀결인가?
미국에서 나비 한 마리가 날갯짓을 하면 중국에 엄청난 태풍이 온다는 나비효과처럼 작은 사건 하나가 대세적인 흐름을 전혀 다른 방향으로 전개되게 만들 수 있다.

카산드라의 예언

터키 서쪽의 고대도시였던 트로이의 마지막 왕인 프리아모스의 딸이 바로 카산드라다. 카산드라에게 반한 태양의 신 아폴론이 구애하자, 그녀는 사랑을 받아들이는 대가로 예언과 예측을 할 수 있는 능력을 요구했다. 카산드라는 예언능력을 받았지만 아폴론과 한 약속을 지키지 않았다. 이에 화가 난 아폴론은 아무도 그녀의 미래 예언을 믿지 않도록 그녀에게서 설득력을 제거해 버렸고, 결국 사람들은 그녀의 말을 믿지 않게 되었다.

카산드라는 트로이전쟁에서 그리스군이 남겨둔 거대한 목마를 성안으로 들여놓으면 트로이가 멸망할 것이라고 여러 차례 예언했다. 하지만 아무도 그 말을 믿지 않았고, 결국 트로이는 목마에 숨어있던 군대에 의해 멸망했다.

설득력이 없는 미래 연구는 무의미하다. 아무도 그것을 받아들이지 않기 때문이다. 사람들에게 미래의 모습과 환경이 어떻게 변화할 것인가를 보여주어야 한다. 그래서 미래 연구는 반드시 스토리텔링이 있어야 하며 이미지로 사람들을 설득해야 한다.

미래학, 인문학을 만나다

무드셀라 증후군

    미래 탐색은 과거에 일어났던 사건들에 대한 명확한 분석을 바탕으로 진행된다. 하지만 사람들은 '추억은 항상 아름답다'고 여기며 과거의 나쁜 기억은 빨리 잊어버리고 좋은 기억만 남기고 싶어 하는 성향이 있다. 이것을 무드셀라 증후군(Methuselah Syndrome)이라고 한다.

    흔히 남자들이 정말 힘들었다면서도 군대에서의 추억을 곱씹어 이야기하는 것과 첫사랑이 유난히 아름다웠던 이유도 이 증후군과 연관이 있다.

    정보의 수면자 효과(Sleeper Effect) 역시 전달받은 메시지의 강도에 따라 시간 경과 후 '개인의 태도 변화'와 '자극에 대한 반응'에 차이를 보이며 정보의 부정적인 측면이 무뎌지는 현상이다.

    과거에 발생했던 일들이 미래에 반복해서 일어나기도 한다. 미래는 과거의 연속이기 때문에 무드셀라 증후군, 정보의 수면자 효과를 고려하여 과거를 정확히 이해하는 것이 중요하다.

트렌드와 유행

유행은 현재 시장에서 많이 팔리고 있는 제품이고, 트렌드는 소비자가 물건을 사도록 이끄는 원동력이다. 자판기 커피보다는 7천 원짜리 스타벅스 커피를 마시고, 마트에서 판매하는 과자보다 한 개 가격이 4천 원대인 프랑스 고급 디저트 마카롱을 선호하는 것이 유행이라면, 불황 속에서 적은 돈으로 자신을 위로하고 자기만족을 추구하는 작은 사치는 트렌드라고 할 수 있다.

미국의 세계적인 미래학자 페이스 팝콘(Faith Popcorn)은 트렌드를 다음과 같이 설명하고 있다.

"트렌드란 현재의 사회를 만들어 내고 있으며 앞으로도 우리의 미래를 만들어 갈, 항상 존재하는 힘이다. 트렌드는 바위처럼 꿋꿋하다. 그리고 10년 이상 지속된다. 현재의 분위기를 읽고 10년을 계획해도 좋을 만큼 트렌드는 정직하다. 트렌드란 어떤 현상이 일정 기간 규칙성, 반복성, 그리고 지속성을 보여주면서 나타나는 것이다."

트렌드 분석은 현상을 관찰하여 큰 흐름을 발견하고, 그 흐름이 앞으로도 계속 나타날 것으로 예측한다. 이것은 경제학, 인구학 부문에서 많이 사용된다. 불확실성이 낮은 단기 예측에는 좋지만 중장기 예측, 급변하는 시기의 예측은 취약하다.

시간의 흐름에 따라 트렌드가 어떤 방식으로 변화하는지 파악한 후, 트렌드가 발생하게 되는 근본적인 원인을 '5 Why 기법'을 활용하여 찾는다. '5 Why 기법'은 연속적으로 '왜'라고 다섯 번의 질문을 던지며 근본적인 원인을 찾아 나가는 방법이다. 심층적인 원인을 발견한 후, 트렌드가 수반하는 다양한 사회 변화를 시나리오를 통해 예측한다.

① 트렌드 분석: 어떤 방식으로 변화하는지 파악

② 5 Why 기법: 변화에 대한 근본적인 원인 도출

③ 시나리오 기법: 트렌드가 수반하는 다양한 사회 변화 예측

미래학자에 대한 5가지 편견

1. 미래학자는 타고나는 것이다.
2. 과정보다 결과가 중요하다.
3. 이머징 이슈, 트렌드 발견은 그저 운이다.
4. 미래 연구는 돈을 위한 것이다.
5. 미래를 정확히 예측할 수 있어야만 미래학자이다.

미래학자는 타고난 천재만 할 수 있는 것일까?

정답부터 말하자면 '아니오'다. 미래학자는 누구나 가능하다. 하지만 현실에서 미래학자는 무지개 너머에 있는 사람들의 이야기 같다. 그 이유는 무엇 때문일까?

사람들이 미래학자에 대해 가지는 5가지 편견이 있다.

첫째, '미래학자는 타고난 재능을 가져야 한다.'는 편견이다. '미래학자들은 명석한 두뇌와 빠른 판단력 등 무한한 재능을 타고났기 때문

미래학, 인문학을 만나다

에 미래 연구를 위해 별다른 노력을 기울일 필요가 없다.'고 단정 짓는 다. 이런 잣대는 '미래학자는 일부 소수의 사람만이 할 수 있다'는 고정관념을 낳고, 결국 미래가 어떻게 만들어지는지 이해하려는 노력조차 하지 않게 된다.

둘째, 미래 예측과 미래 연구는 과정이 없고 결과만 있을 뿐이라는 편견이다. 미래 연구의 결과물인 미래 시나리오에 매혹된 나머지, 미래 시나리오가 만들어지게 된 이유와 과정에 대해서는 미처 생각을 못 한다. 미래 시나리오에 대한 결과에 집중하여 시나리오가 나오기까지 있었던 미래 연구 과정을 중요하게 생각하지 않는다. 하지만 다양한 사람들이 모여 미래에 관해 토론하며 함께 미래를 만들어 가는 과정이 바로 미래 연구, 그 자체이다.

셋째, 이머징 이슈와 트렌드를 발견하는 것은 그저 운이라는 편견이다. 미래학자가 트렌드를 미리 캐치하고 이머징 이슈를 발굴하는 것이 하늘에서 뚝 떨어지는 것이라고 여긴다. 트렌드를 분석하고 이머징 이슈를 발굴하는 것은 수많은 데이터를 수집하고, 다양한 전문가들의 의견을 분석한 끝에 얻을 수 있는 것이다.

넷째, 미래를 연구하는 이유가 단지 시장을 예측하고 선점하여 돈을 버는 것에 있다고 생각한다. 하지만 미래 연구는 우리들의 후손, 즉 인류의 자손을 위해 우리가 어떤 일을 해야 하는지, 어떤 판단을 내리고 어느 길로 가야 하는지에 대해 생각하는 부분도 있다. 단지 돈 때문에 미래를 연구하는 것이 아니라 돈보다 훨씬 더 중요한 미래세대의 안위와 행복, 그리고 보다 나은 환경을 물려주기 위한 의무를 수행하는 것이다.

　다섯째, 많은 사람이 미래학자는 미래를 정확히 예측해야 한다고 생각한다. 세계 그 어떤 저명한 미래학자도 미래를 정확히 예측할 수는 없다.

　미래학자의 의무는 미래를 정확히 예측하는 것이 아니라, 미래의 불확실성이 점점 증가하는 것을 사회 구성원들에게 인식시키며, 바람직한 미래를 함께 만들어 가도록 동기부여 하는 데 있다.

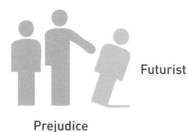

Futurist

Prejudice

관광객과 탐험가

정말 중요한 것은 눈에 보이지 않는다. 중요한 것은 때때로 알 수 없는 이상한 형태로 포장되어 우리에게 다가온다.

포장된 겉모습 너머의 중요한 것을 볼 줄 아는 눈이 미래 여행자에게 필요하다.

미래 여행은 초심자의 마음을 갖고, 섣부른 판단도 하지 말며, 아무것도 모른다는 사실을 인정하는 데서부터 출발한다. 그러면 새로운 상황을 맞이할 때, 발견의 기회로 삼을 수도 있다. 이를 위해서는 용기와 수용이 필요하다. 새로운 것과 마주칠 용기가 있어야 하고 항상 배우면서 수용할 줄 알아야 한다. 이것이 바로 탐험가와 관광객의 차이다. 관광객들은 그저 장소만 둘러 보지만 탐험가는 모든 것에 대해 온 가슴과 머리를 다해 집중하고 몰두한다.

어떤 때는 미래가 연주하고 있는 그 리듬을 타며 가만히 서 있을 줄 알아야 한다. 이머징 이슈 등 다양한 이벤트에 귀를 기울이며 때론 길을 잃고 고민하며 내면의 소리를 들어야 한다. 그리고 깨달아야 한다. 미래 여행은 과정이 전부라는 것을.

미래를 디자인하라

• •

틀린 질문을 하니까 맞는 대답이 나올 수 없다.

질문을 제대로 해라.

질문을 제대로 해야 미래를 볼 수 있다.

Question futures, Design futures, Make futures.

질문을 통해 미래를 디자인하고, 디자인을 통해

미래를 만들어 나갈 수 있다.